LE LIVRE EPATANT
CŒUR DE MARBRE
Y₂
60513
41
Volume Complet

ŒUR DE MARBRE

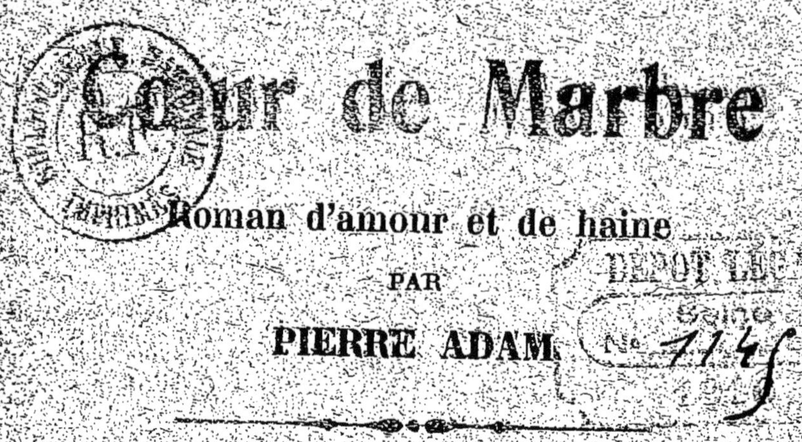

Cœur de Marbre

Roman d'amour et de haine

PAR

PIERRE ADAM

CHAPITRE PREMIER

UNE DEMANDE EN MARIAGE ORIGINALE

Gaston de la Caillaudière achevait de déjeuner dans son luxueux appartement de l'avenue Henri-Martin lorsque Denis, le valet de chambre, parut:

— Une lettre pour monsieur, annonça-t-il.

Gaston jeta un coup d'œil sur le plateau d'argent que tenait le domestique, prit la lettre, la décacheta lentement, comme avec maladresse, tira le papier de l'enveloppe, le déploya, eut aussitôt une exclamation de surprise.

— Ah!... ça!... Une invitation à dîner!... C'est gentil!... Mais elle n'est pas signée! Et j'ai beau fouiller dans mes souvenirs, je ne vois pas... je ne connais pas cette écriture-là! Connais-tu, toi, Denis?

Le vieux valet, dont les cheveux tondus très ras semblaient autant d'aiguilles d'argent plantés dans le crâne, se pencha, cligna des yeux et lut à mi-voix:

« *Mon cher Gaston, un hasard me met à même*

d'apprendre que tu es de retour à Paris. Veux-tu venir dîner chez moi aujourd'hui mardi? Viens de bonne heure. Il ne sera question ni de la guerre, ni des batailles auxquelles tu as pris part. Une réunion cordiale et gaie, un point c'est tout. »

— Eh bien? demanda Gaston.

— Pour l'écriture, je suis comme monsieur, y a pas d'erreur, fit Denis; mais les lettres sont hautes, bien formées, et le papier n'est pas parfumé... Hé! hé! si le papier était parfumé, monsieur serait peut-être moins embarrassé?

Gaston haussa les épaules.

— Rue Paul-Delrey, 32, entresol, murmura-t-il. Ma foi... nous verrons bien.

— Alors, monsieur y va?

— Oui.

— Monsieur ne dînera pas ici?

— Non.

— Chouette!

— Hein?... Plaît-il?

— Je veux dire... Enfin... Monsieur a raison... monsieur verra bien... Faut-il prévenir le chauffeur?... quel pardessus et quel chapeau mettra monsieur?

— Monsieur ira à pied et ne fera pas de frais de toilette.

Denis s'inclina.

— C't'épatant, remarqua-t-il quand il eut refermé la porte, ce que la tranchée vous change un homme!... Pas de toilette, et à pied!... Non, c't'épatant!...

Tandis que le brave domestique soliloquait ainsi, Gaston de la Caillaudière consultait sa montre.

— La rue Delrey est loin et l'on me dit d'arriver de bonne heure, songeait-il. Plus j'y réfléchis, plus je crois deviner que c'est Louis Breuilh... Excellent camarade!... Il n'est donc pas mobilisé?... Quel mystère!... En route, les enfants, comme on disait *là-bas.*

Gaston se coiffa, prit un jonc et sortit.

Depuis trois semaines qu'il était rendu à la vie civile, il reprenait ainsi chaque jour contact avec Paris, son Paris bien-aimé qu'il retrouvait avec moins de mouvement dans les rues et plus de gravité sur les visages.

Il mit deux grandes heures pour atteindre la rue et l'immeuble indiqués sur le billet.

Il s'arrêta devant le 32, qui était une maison d'apparence quelconque et hocha la tête.

— Je veux être pendu si j'ai mis une seule fois les pieds ici avant aujourd'hui, articula-t-il. Louis Breuilh aurait signé, lui. Je m'y perds...

Il franchit la grande porte d'entrée, monta jusqu'à l'entresol, s'arrêta quelques secondes, sonna...

Une jeune bonne vint ouvrir.

— Veuillez entrer, dit-elle.

Gaston pénétra dans une antichambre d'une élégance un peu recherchée et, de là, dans un salon ou flottaient des relents d'ambre et de poudre de riz.

A peine y était-il qu'une personne froufroutante et outrageusement fardée fit son apparition.

— C'est chic d'avoir répondu à mon appel avec cette promptitude, sourit-elle.

Gaston tressaillit.

— Cécile Bellal! s'étonna-t-il. Quoi, c'est vous qui...

— Il me dit vous! s'écria la nouvelle arrivante en levant les bras au plafond à la manière dont les reines de théâtre jouent l'indignation bienveillante. Il me dit vous, le méchant!...

« Ça te suffoque, hein, ajouta-t-elle en se rapprochant, de me retrouver dans des meubles comme ça. Il y a de quoi, parbleu... Avant la guerre je chantais et je logeais dans un garni de la rue d'Odessa. Je chante toujours, tu sais... je suis tout à fait lancée... Tu as dû voir mon nom sur les affiches... Un succès bœuf, mon cher... Mais les cachets que les directeurs de beuglants — des rosses — me donnent ne me permettraient pas d'avoir une bonne, et des five o'clock, et des toilettes, et tout. J'ai trouvé la suave combinaison sous les traits d'un vieil imbécile qui ne savait comment s'y prendre pour manger son bien et celui de sa femme légitime. Je lui ai donné quelques leçons dont il s'est si bien trouvé qu'il est allé mourir sur la paille, je ne sais où, et que me voilà, moi, capitonnée. La terre tourne, mon petit, et la veine sourit à ceux

qu'elle a élus. Tu es du nombre, toi aussi, puisque
nous reviens. Eh! mais... sais-tu que tu as bête
ture?!.. Je m'attendais à te voir plus amoché
que ça... Tu n'as rien du tout? Ce qui s'appell
rien?...

Gaston se tut. La volubilité de cette femme qu'il
avait quelquefois rencontrée, avant la guerre, dans
des brasseries de Montmartre, l'étourdissait. Son c
nisme l'indisposait. Le fard et les parfums dont e
abusait lui causaient une sorte de répugnance. Tu
dis qu'elle se faisait une gloire de son astuce et d
ses vices il se disait: « Comment diable ai-je pu
trouver cette créature jolie? Quel bandeau avai
sur les yeux? J'étais malade, ma parole!... »

— C'était de la blague, dis? fit Cécile.

— Quoi donc? demanda Gaston.

— Ta blessure... Tu n'es pas blessé?

— Si fait.

— Où donc?

Le jeune homme releva jusqu'au coude la mancl
gauche de son veston. La chanteuse s'exclame:

— Un bras mécanique!... Tu as un bras mécani
quel... Mais ça ne se voit pas, surtout avec les gants.
Mon petit Gaston chéri, va... je suis bien contente d
voir que ça ne t'endommage pas plus que ça... Ta
be... Tu es toujours beau garçon, séduisant...

Gaston fit la grimace.

— Je te fâche? s'inquiéta Cécile.

— Vous ne me fâchez pas, non...

— Encore? coupa la Bella. Tu vas me tuto
comme autrefois, m'entends-tu?

Gaston secoua négativement la tête.

— Si, si, tu me tutoieras, fit-elle, obstinée
sieds-toi, d'abord. J'ai tout plein de choses à te di
moi, parce que je ne t'ai pas confié le quart de
que j'ai sur le cœur et dans le cœur. Je nourris d
projets... Nous serons mieux à table pour en caus
Je te retiens à dîner...

Le jeune homme, qui avait grande envie de
aller, esquissa une protestation dont Cécile se
cha.

— Ah! non, tu sais! Ce ne serait pas bien,
comptais tellement sur toi que j'ai fait acheter d

las de choses... Tu peux accepter sans remords...
Si je m'étais dérobée quand tes amis et toi m'emme-
niez souper au *Rat mort*, je comprendrais. Mais tu ne
peux me reprocher d'avoir jamais refusé. Souviens-
toi...

Cécile ouvrait la porte donnant sur la salle à manger. Deux couverts étaient dressés sur la nappe blanche.

— Soit, fit Gaston n'osant trop mécontenter la
chanteuse, ce qui était, à tout prendre, une manière
de rester courtois.

— Bravo! dit-elle en battant des mains. Myrto va
nous apporter les plats.

— Myrto?

— Oui, la jeune fille qui me sert de femme de
chambre. Elle s'appelle Aglaé Mouton, et Myrto n'est
qu'un nom d'emprunt. Elle rêve de chanter en pu-
blic, et dans ce but elle s'est enfuie de la maison pa-
ternelle. En retour des services qu'elle me rend, je
lui donne de faibles gages et je l'initie aux secrets
des vocalises. Ouvrirai-je la fenêtre? Il fait chaud...

— Je respirerai volontiers.

La Bella ouvrit la fenêtre, et le repas commença.
Myrto s'acquittait de ses fonctions avec célérité et
discrétion. Quand on eut pris le potage:

— Gaston, susurra Cécile.

Le jeune homme versait à boire. Il n'entendit pas
ou feignit de ne pas entendre.

— Gaston, répéta la Bella.

Il reposa la bouteille.

— Gaston... m'aimes-tu toujours?

— Ce tapioca était exquis, répondit Gaston.

— Ne plaisante donc pas, minauda-t-elle avec un
ton de reproche. Tu m'aimes, je le vois, je le sens,
mais il y a si longtemps que nous ne nous sommes
vus que la timidité t'enchaîne la langue...

— Mais...

— Inutile de t'en défendre... je le jurerais par
tout ce que j'ai de plus cher au monde...

— Par les écus soufflés au vieil imbécile? sourit
de la Caillaudière.

— Ne te moque pas de mes écus, dit la Bella piquée. Justement ils me permettent de parler comme

je le fais en ce moment. Ecoute... je ne suis pas la femme légère que tu crois...

Gaston but pour ne point rire.

— ...Et la preuve, poursuivit Cécile, c'est que je songe à me marier.

— Excellente résolution, dit le jeune homme.

— N'est-ce pas? fit la chanteuse qui se méprit sur le sens de cette phrase. Il y a longtemps que je tourne et retourne l'idée dans ma tête. Je suis riche maintenant, et bien des hommes, qui me dédaignaient autrefois, me considéraient tout au plus comme un agréable joujou, seraient heureux aujourd'hui d'unir leur destinée à la mienne.

— Certainement.

— Je n'aurais que l'embarras du choix, car je suis courtisée, adulée, assiégée d'adorateurs. Je n'aurais eu garde de les décourager il n'y a pas longtemps encore. Mais à présent, fini de servir d'amusette! L'heure de la revanche a sonné. Je veux tirer de tous ceux qui m'ont regardée du haut de leur dédain aristocratique une vengeance qui les fasse jaunir de dépit; je veux, entends-tu bien, devenir au moins leur égale. J'ai travaillé longtemps à forcer le Destin, et le Destin, loin de s'en offenser, a œuvré pour moi...

« Je te parle hébreu, Gaston, et tu serais presque en droit de ne pas comprendre. Ton amour, heureusement, te montre où je veux en venir...

Cécile fit une pause pour observer le jeune homme. Celui-ci, les yeux perdus vers la fenêtre, était-il à la conversation? On eût pu en douter.

— Je veux en venir à ceci, continua la Bella: On m'appelle Cœur-de-Marbre parce que je rebute les hommes depuis quelque temps, parce que je me moque d'eux, parce que j'exige tant d'argent pour prix de mes faveurs que les trois quarts et demi de mes soupirants doivent se morfondre « faulte de monnoie ». Eh bien, non, je ne suis pas Cœur-de-Marbre...

« Avant la guerre, je t'aimais... sans m'en douter. Pendant que tu te battais du côté d'Arras j'emplissais mes coffres. Moi pauvre, je n'aurais jamais osé te proposer le mariage. Moi riche, ou presque riche, et toi valide, je n'aurais peut-être pas osé non plus,

ou du moins j'aurais hésité. Mais tu n'as qu'un bras...
tu es un invalide, au fond, et les jeunes demoiselles
bien nées ne voudront pas d'un mari manchot. Je
suis infirme au moral, mais tu l'es au physique. Notre
avoir en argent complète notre égalité. Nous sommes
assortis. Je t'aime, je t'adore, je veux être ta femme,
je veux porter ton nom. Voilà.

— Faut-il servir la sole normande, madame? demanda Myrto qui paraissait à cet instant.

Cécile eut vers Aglaé Mouton un regard d'exaspération crispée:

— Portez la sole, les cailles, le rôti, le dessert, et
fichez-nous la paix! lança-t-elle.

Aglaé tourna le dos. Alors Cécile, d'une voix au
miel:

— Eh bien, mon amour, veux-tu?

— De la sole?... Voilà! voilà!... répondit Gaston
en tendant son assiette.

Cécile fit la moue:

— Tu restes farce dans le sérieux, dit-elle. Mais
j'ai le pressentiment que tu accepteras... Nous serons heureux... Mes camarades du music-hall en seront malades de jalousie et les vieux fêtards qui
m'assaillent de leurs compliments et de leurs offres
en crèveront de dépit... Nous abrégerons les formalités. Quand nous marions-nous?

La chanteuse, de nouveau, s'arrêta. Gaston ne se
pressait pas de répondre. Il s'obstinait à ne point
regarder son interlocutrice.

— Quand nous marions-nous? répéta Cécile.

Gaston se tourna à demi:

— Quelle est donc, s'informa-t-il, la jeune personne que j'aperçois depuis un instant au balcon d'en
face?

Cécile eut un petit ricanement.

— Peuh! fit-elle ensuite avec dédain, c'est une orgueilleuse domptée.

— Ah!

— Oui... Elle roulait sur l'or et nous traitait de filles, nous autres chanteuses. Seulement elle n'a plus
le sou.

— Elle a tout dépensé?

— Elle?... non pas!... C'est vertueux, c'est rangé.

ça a des principes, ma chère!... Mais son vieux mari,
le comte de Vendœuvres, qui ne l'avait prise que
pour ses écus, a si bien fait danser et rouler ceux-ci
qu'il n'en reste plus... Je veux dire qu'il n'en reste
plus chez la veuve...

— Elle est donc veuve?

— Il n'y a pas très longtemps, mais enfin elle
l'est. Le vieil imbécile qui m'a nantie de beaux billets bleus, et que j'ai flanqué à la porte, comme de
juste, quand je me suis aperçue qu'il avait les mains
vides, n'a pas pu survivre à sa ruine. Il est allé mourir en Amérique, du côté de New-York ou de Buenos
Ayres...

— C'est précis.

— La précision n'y fait rien. Le vieux est mort,
et la pimbêche a reçu un avis de décès. Depuis, elle
se morfond dans son hôtel et je lui inflige la douleur
de ma présence. Elle m'avait insultée...

— Vraiment!

— Oh! pas en face! C'est trop bien élevé, ce
monde-là, pour s'abaisser à une dispute avec une actrice de bas étage, comme elle m'appelait devant son
mari. Actrice de bas étage? Soit! Je n'ai pas voulu la
faire mentir. J'habitais un sixième, c'était trop haut
pour moi; j'ai voulu un entresol, comme elle. Je suis
de bas étage grâce à l'argent qu'elle n'a plus. Ah! ah!
ah!... Sa particule lui tient lieu de magot à présent.
Juliette de Vendœuvres, ça sonne bien, mais mes
louis sonnent mieux. Et puis, Cécile de la Caillar-
dière, cela sonnera bien aussi, pas vrai, mon amour?

Gaston fit la grimace.

— Trop de modestie, dit la Bella. Je t'assure que
ton nom fait très bien. Je serai ravie de le porter...
Mais tu ne réponds pas?...

Le jeune homme ne répondait pas en effet. A peine
s'il avait écouté Cécile.

Tandis que la cynique créature narrait ses ex-
ploits et étalait son ambition, lui s'absorbait dans la
contemplation de cette jeune veuve dont la beauté
troublante paraissait s'ignorer.

Gaston avait, jusqu'à ce jour, approché bien des
femmes. Aucune n'avait, comme celle qui s'offrait à
ses regards en ce moment, produit sur lui l'impres-

...onde dont il était à la fois surpris et charmé. ... voisine ne se savait pas observée. Sa pose ...chalante et mélancolique faisait ressortir la grâce ...mprise de son buste, le nimbe de sa chevelure ...euse, le velouté du regard et la pâleur discrète du ...

— Juliette de Vendœuvres! murmura le jeune homme.

— Tu ne réponds pas... Réponds-moi! fit Cécile.

— Répondre à quoi? demanda Gaston.

— Notre mariage... Quand?

— Jamais.

... dit d'une voix tranquille et douce. La ... sursauta.

— Hein? Quoi?... Tu blagues?...

— Je ne « blague » pas, non, articula Gaston.

— Mais pourquoi?... pourquoi?... glapit Cécile, ...sque je suis folle de toi et que tu m'adores!

— Erreur.

— ... ne suis pas folle toi? Je...

— ... vraisemblable, mais possible, sourit Gas... ne cherche pas à approfondir.

— Eh bien?

— Il y a moi. Vous êtes bien gentille, Cécile, et je ... suis reconnaissant d'avoir songé à moi... Mais ... la sympathie que j'ai pu avoir pour vous à l'a... et au mariage, il y a un abîme, un véritable ... croyez-le.

... rougit, pâlit, se mordit la lèvre, regarda Gas... d'un œil mauvais.

... vanité froissée allait s'exhaler en phrases veni... ; déjà sa colère montait et des mots amers ...ssaient à la gorge de Cécile.

... se contint pourtant.

Aucune plainte, aucun regret, pas un trait méchant ne sortit de ses lèvres.

La crispation de son visage fit place à un sourire ...commandé.

— A la bonne heure! dit-elle, voilà ce que je vou... entendre.

Gaston eut un geste d'étonnement amusé.

— Oui, c'est ce que je voulais entendre, reprit la ...ce Cécile qui n'abandonnait pas la partie, mais qui voilait ses batteries après les avoir démasquées.

« Ah! ça, grand fou, n'as-tu pas compris que je plaisantais?

« Crois-tu que si je voulais de toi pour époux, je te l'aurais dit comme cela, de but en blanc?

« Non, non!... Le mariage? Eh! c'est la chaîne! Ni toi ni moi ne voulons de la chaîne. Vive la liberté, pas vrai?

— Vive la liberté, c'est cela, approuva Gaston.

— Cette liberté ne m'empêche pas de t'aimer, poursuivit la chanteuse. Ici, je ne plaisante plus. Nous ne pouvons être unis de par la loi, parce que nous ne le voulons ni l'un ni l'autre. Mais nous serons amants, et amants d'autant plus heureux, d'autant plus fous que tu me sauras davantage désintéressée.

Le jeune homme secoua négativement la tête.

— Pas même cela, fit-il.

— Pas même cela?... Que si!

— Non.

— Mais puisqu'il ne sera jamais question d'argent entre nous!

— Laissons cette question, je vous prie.

Cécile se leva, se rapprocha du jeune homme.

— Tu veux me tuer, Gaston, dit-elle d'une voix qui voulait trembler d'émotion mais ne vibrait que de crainte. Tu veux me tuer. Puisque je te dis que t'aime, que je suis à toi... Tu ne m'aimes pas, toi... Eh bien, sois bon. Fais-moi l'aumône de tes caresses... Je m'en contenterai... Tu viendrais de temps en temps, quand tu aurais une heure ou deux à perdre... Je ne me plaindrai jamais... Je serai toujours souriante et j'aurai pour toi des inspirations d'amoureuse... Gaston... Je te dis que je veux... deviendrais folle si je te perdais... Tu iras voir d'autres femmes, je le sais. Ne puis-je soutenir avec elles la comparaison?... Mes lèvres sont-elles glacées? Mon sein ne palpite-t-il plus? Les grâces que vous vous plaisiez tous à me reconnaître se sont-elles enfuies? Mon petit Gaston en sucre, regarde-moi, prends-moi dans tes bras, presse-moi sur ton cœur... Je m'abandonne, je t'appartiens sans conditions, pour l'unique bonheur d'être à toi... Je suis une voluptueuse, au fond, et l'amour, c'est ma vie. Je te veux. J'abdique

devant toi toute pudeur et toute fierté. Je te veux.
Je ne te tromperai pas... Les autres me donnent des
nausées... C'est toi, toi seul qui me feras boire à la
coupe enchantée de l'ivresse...

— Vous me mettez dans la pénible obligation de
vous dire non encore, fit Gaston.

— Je veux, moi, que tu dises oui...

— Non.

— Gaston...

— Inutile.

La Bella se penchait sur lui, essayait de l'attirer
pour lui prendre un baiser.

Il la repoussa.

— Non, répéta-t-il.

Elle se redressa de toute sa hauteur.

— Rasseyez-vous et finissons de dîner bien genti-
ment, proposa le jeune homme. Ne me faites pas re-
gretter d'avoir accepté votre invitation... Soyons rai-
sonnables...

La chanteuse était furieuse et décontenancée. Un
nouvel accès de colère la secoua, qu'elle n'essaya
plus d'enrayer.

— Ah! c'est comme ça? gronda-t-elle. Ah! tu te
paies ma tête!

— Le dessert nous attend... Asseyez-vous donc, dit
Gaston.

Elle demeura debout, le couvant d'un regard dilaté
par un affreux dépit.

— Ah! je fais toutes les avances, et tu les repous-
ses?... Je m'humilie et tu n'en as cure?...

« Elle est donc bien belle, la poupée que tu me
préfères?

— Là! Là! Allez-vous vous fâcher? fit Gaston con-
ciliant.

— Pas un seul tutoiement! Pas un méchant bé-
cot!... Des manières, des politesses... Monsieur me
méprise aussi? Monsieur appartient, depuis qu'il a
une patte cassée, à la catégorie des faiseurs de chi-
chis?...

« C'est la guerre que tu veux, alors?

« Celle d'où tu viens ne te suffit pas? Elle t'a
mise en goût?

« Eh bien, soit, tu l'auras!

« Mais tu me rendras cette justice que ce n'est pas moi qui l'aurai déclarée.

« Tu t'en vas?... A ton aise!... Nous nous retrouverons!... C'est bien, prends ton chapeau et ta canne... Salut!...

Gaston, voyant la tournure que prenaient les choses, s'était levé et se disposait à partir.

— Un dernier mot! fit Cécile au moment où le jeune homme tournait le loquet de la porte. Veux-tu que je sois ta maîtresse?

— Bonsoir madame, et regrets de ne pouvoir vous répondre oui, dit Gaston.

La Bella frappa du pied et tendit le poing à la porte qui venait de se refermer.

Le jeune homme, de l'antichambre, perçut de vagues imprécations entremêlées de menaces. Il descendit l'escalier, gagna la rue, prit le numéro de l'hôtel qu'habitait la jeune veuve et rentra chez lui.

Il était rayonnant.

— Monsieur a bien dîné, cela se voit, remarqua Denis. Monsieur sait-il enfin d'où venait la lettre?

— Oui, sourit Gaston. Et demain matin... écoute-moi bien...

— J'écoute monsieur des deux oreilles... Je ne puis faire mieux.

— Demain matin tu iras chez Machin, le fleuriste de la rue Royale...

— Oui, monsieur.

— Tu achèteras un bouquet... un beau bouquet...

— Bien.

— Tu le porteras à Mme Juliette de Vendœuvres, 35, rue Paul-Delrey.

— Compris. Il ne faut plus se fier aux lettres qui ne sont pas parfumées...

Gaston haussa les épaules. Les familiarités du vieux Denis l'amusaient.

— Un bouquet, rue Royale, répéta le domestique, seulement...

— Seulement quoi?

— Le nom de la p'tite dame? C'est long comme oui, et jamais je ne me souviendrai... Monsieur m'excusera... J'ai deux oreilles, c'est vrai, mais je

n'ai qu'une mémoire, et encore elle n'est pas des plus
solides...

Gaston tira de son portefeuille une carte et mit le
nom de la jeune femme.

Puis il alla se coucher.

Il ne s'endormit qu'après avoir longtemps cherché
le sommeil.

CHAPITRE II

OU IL EST QUESTION DE MARIAGE, D'ORCHIDÉES ET DE PAPIER TIMBRÉ

Dans le salon mauve dont les meubles et les bibe
lots parlaient de grandeur passée, Juliette de Ven
deuvres lisait pour tromper la fuite des heures.

Mais le roman qu'elle avait pris au hasard ne réus
sissait pas à capter toute son attention.

La jeune femme relevait parfois la tête et son
geait...

Evoquait-elle l'image du passé? Regardait-elle sa
fortune dissipée par un mari libertin? Peut-être...

Mais non, pourtant. Car les souvenirs d'autrefois
ne pouvaient qu'assombrir ce visage étrange de
beauté... Et Juliette souriait.

A quoi souriait-elle?

Quelle vision passait et repassait devant ses grands
yeux de velours, profonds comme le ciel, troublants
comme l'énigme?

— Eh bien, madame ma charmante enfant, nous
rêvons?

Juliette tressautu.

Sa mère, qu'elle n'avait pas entendu venir, était
près d'elle. C'était une femme grande et forte, aux
cheveux blancs, aux traits réguliers, mais autori
taires.

Juliette se leva pour l'embrasser.

— Nous rêvons, répéta la nouvelle arrivante. Entre

nous, ma fille, il y a de quoi. La vie, pour toi, n'a rien d'agréable... Tu es seule...

— Vous exagérez, maman, dit Juliette. N'habitez-vous pas avec moi?

— Oui... je sais... mais la vieille Mme Lovel ne saurait, dans ton cœur, tenir la place d'un bon mari.

— Ne parlons pas de cela, fit Juliette.

— Parlons-en, au contraire, appuya Mme Lovel. Il y a aujourd'hui juste un an que nous avons reçu l'avis de la mort de M. de Vendœuvres... Un an que tu es veuve...

— C'est vrai, fit Juliette. Un an...

— Tu as porté le deuil depuis, et bien des femmes plus attachées à leur époux que tu n'étais au tien ne se sont pas astreintes à une austérité aussi longue.

— Nous devons honorer la mémoire des disparus, murmura Juliette.

— Je ne dis pas le contraire, fit Mme Lovel. Mais c'est dépasser les bornes du raisonnable que de s'obstiner à vivre loin du monde comme tu le fais. La bienséance ne pousse pas la rigueur jusqu'où tu sembles le croire.

— Je ne crois rien, ma mère, sinon que nous sommes ruinées et que le monde nous est, par cela même, interdit.

— Ta, ta, ta... des histoires, ma fille. Le monde sera trop heureux de t'accueillir — car tu es jeune et belle — quand de nouveau tu auras un cavalier servant. Et c'est de ce cavalier que je voulais t'entretenir.

Juliette considéra sa mère avec inquiétude.

— Ne prends donc pas cet air effarouché, dit Mme Lovel. Jurerait-on pas que tu es une petite fille innocente que le mariage effraye?

— Il m'effraye en effet. La première expérience a si peu réussi...

— Ce n'est pas une raison. Voyons, écoute-moi... Luc Raguenal n'est pas un si mauvais parti...

Juliette éclata d'un rire nerveux:

— Luc Raguenal?... Mais il est laid!... Il n'a plus de cheveux... Il est obèse et a cinquante-cinq ans pour le moins!...

— M. de Vendœuvres en avait bien soixante! dit Mme Lovel piquée.

— Vous aimez les gendres rassis, maman, sourit Juliette avec amertume. Je n'avais épousé M. de Vendœuvres, vous le savez bien, que pour vous obéir. J'étais jeunette, inexpérimentée... Mes premiers avatars ne vous paraissent donc pas concluants?

— J'avoue, dit Mme Lovel, que nous avons eu la main malheureuse. M. de Vendœuvres en voulait surtout à ta dot. Il était noble, et sa noblesse nous avait tourné la tête, à ton père et à moi qui n'étions, après tout, que des commerçants enrichis. Nous avons payé cher notre vanité, je le confesse. Aussi me vois-tu revenue des parchemins et des grandeurs. Luc Raguenal, lui, n'a aucune prétention, et il est riche, à ce qu'on dit.

— Et vous voudriez allier ma jeunesse et ce que vous appelez ma... beauté à ses billets de banque? fit Juliette. Ce serait me vendre, en quelque sorte, ma mère, avez-vous songé à cela?

— Ce serait t'assurer un avenir tranquille, dit sèchement Mme Lovel. L'existence ne t'a rien appris. Luc Raguenal est la perle des hommes; il me comble de prévenances; je le trouve affable, distingué...

— Epousez-le, vous, sourit finement Juliette.

Mme Lovel considéra sa fille avec hauteur.

— Trêve de plaisanteries, articula-t-elle. Je sais mieux que toi ce qu'il te faut...

— Ah! permettez...

— Je le sais mieux que toi, parfaitement. Pendant que tu t'enfermais dans ta douleur officielle, je travaillais à te refaire une situation; et j'ose dire que je suis sur le point de réussir. Il m'a fallu user de diplomatie... J'ai laissé entendre à Luc Raguenal que nos affaires n'étaient pas aussi mauvaises qu'on le croit, que j'avais encore de la fortune personnelle dont tu hériterais plus tard... Bref, c'est une chose à peu près résolue...

— Vous êtes bien bonne, ma mère, et je vous sais un gré infini du mal que vous vous êtes donné pour moi, dit Juliette. Mais je ne puis accepter Luc Raguenal pour époux.

— Ah!... non?

— Non.

Mme Lovel se campa devant Juliette.

— Et pourquoi, je te prie? demanda-t-elle.

— Parce que.

— Parce que!... C'est vite dit!.. Excellente raison, ma foi!.. Parce que!... Voyez-vous ça!..

— Je vous ai déjà donné d'autres explications, marqua la jeune femme.

Mme Lovel se rassit, prit la main de sa fille, doucement:

— Tu sais, je ne tiens pas outre mesure à Luc Raguenal. Si tu as mieux à me proposer... Connaîtrais-tu quelque jeune homme bien fait, d'excellente famille, et riche, qui voudrait de toi... miracle existerait-il?... Non?... Je ne crois pas aux miracles... tu n'y crois pas non plus... Tu gardes le silence... Tu connaîtrais donc le jeune homme en question?

— Oui et non, dit Juliette.

— Ah! fit Mme Lovel intéressée. Comment s'appelle-t-il?

— Je n'en sais rien.

— Est-il grand?... petit?...

— Je l'ignore.

— Brun? blond?...

— Je ne saurais dire.

— Alors?

— Je me le représente en imagination, tout simplement.

Mme Lovel se fit glacée:

— Tu te moques de moi... À tout prendre, j'ai bien sotte, aussi, de croire à tes histoires... Où aurais-tu rencontré ce jeune homme, puisque calfeutrée dans ton hôtel et que tu ne sors pour ainsi dire jamais?... Tu épouseras Luc Raguenal, voyons, parce que ce serait fou de dédaigner les offres qu'il m'a faites... D'ailleurs, je lui ai à peu près donné ma parole que le mariage se ferait, et tu ne vas pas me faire mentir, je suppose?

— Vous vous êtes bien pressée, maman, dit Juliette. Luc me déplaît, et je prends la liberté de vous avouer que je ne me soucie pas de m'exposer une seconde fois à être malheureuse.

Mme Lovel se contint pour ne pas éclater. Jamais, avant ce jour, sa fille ne lui avait ainsi tenu tête.

— C'est bien, articula-t-elle, je n'insiste pas. Aussi bien l'anniversaire de la mort de M. de Vendœuvres te trouble, et j'ai mal choisi mon moment pour te parler de Raguenal. Nous y reviendrons...

— Inutile, ma mère.

— Nous verrons bien.

Mme Lovel se retira, très digne. Il n'y avait pas cinq minutes que Juliette était seule que la servante qui cumulait les fonctions de cuisinière et de femme de chambre apparut.

— Madame, annonça-t-elle, il y a là un monsieur qui demande à vous parler.

— Un monsieur! fit Juliette étonnée. Quel monsieur?

— Je ne sais pas, madame.

— Comment est-il?

— Vieux...

— Brr!... Luc Raguenal, sans doute?

— Non, madame. Vieux, sec et rasé...

— Faites entrer.

La servante se retira. Juliette était fort intriguée, car elle ne recevait personne d'habitude. Peu après Denis se présentait.

— Faites excuse, madame... Madame est bien madame Juliette de Vendœuvres?

— Oui, mais...

— C'est un bouquet pour vous, madame.

Le domestique présentait les fleurs. Juliette les trouvait fort belles, mais elle ne les prit point.

— De la part de qui? demanda-t-elle.

— De mon maître, répondit Denis.

— C'est vague, remarqua la jeune femme. Le nom de votre maître, mon ami?

Denis se gratta la tête.

— Ah! voilà!... fit-il, c'est que je ne sais pas si je dois vous le dire... Monsieur ne m'a pas fait de recommandations là-dessus. Tout ce que je sais, c'est que je dois remettre ce bouquet à madame... Ce n'était pas si facile que je me l'imaginais, d'ailleurs... Figurez-vous que je me suis trompé de porte et que je suis allé en face, rapport à une lettre que... Enfin j'avais confondu. J'ai cru qu'on me boulotterait en face, quand j'ai montré le bout de carton, pour me souvenir du nom de madame, vous comprenez?

— Ce bout de carton... Vous l'avez?...

— Eh! non!... On ne me l'a pas rendu. Et l'on m'a adressé ici avec une amabilité qui n'était pas dans une musette. Enfin, voilà, le bouquet est pour madame...

Denis tendait la gerbe d'orchidées avec une telle conviction que Juliette ne crut pas devoir attendre pour l'accepter.

Elle prit les fleurs.

— Puisque vous vous êtes donné tant de mal... fit elle en riant.

Denis salua. Il allait se retirer. La jeune femme le retint.

— Attendez, pria-t-elle.

Elle disparut quelques secondes et revint avec une petite bourse d'argent.

— Pour vous remercier de la peine que vous avez prise, dit-elle en glissant une pièce de monnaie dans la main du domestique.

Celui-ci s'inclina.

— Et cette autre pour que vous ne me laissiez pas plus longtemps ignorer le nom de votre maître.

— Ma foi, sourit Denis, vous interrogez les gens si adroitement qu'il n'y a moyen de rien vous cacher. Je suis attaché au service de M. de la Gaillardière.

— Ah! oui... M. Philippe?

— Gaston, madame, Gaston, s'il vous plaît. Maintenant, si monsieur a dit à madame qu'il s'appelait Philippe, c'est que c'est vrai sans doute. Monsieur peut changer de nom, vous comprenez, ce n'est pas mon affaire.

Denis multipliait les courbettes et gagnait la porte à reculons.

— Sapristi, murmura-t-il quand il fut dans la rue, monsieur a bon goût! Quels yeux! Quelles lèvres! Quelle poitrine! Une vraie déesse!... Je crois que j'ai gaffé en donnant le vrai nom de monsieur. La mignonne voulait qu'il s'appelât Philippe... Bah! j'ai rattrapé ma maladresse...

Tandis que le valet de chambre se tenait ce discours, Juliette examinait le bouquet sous tous ses aspects, cherchant à découvrir parmi les fleurs un billet, une carte de visite qui ne s'y trouvait point.

La jeune femme était délicieusement émue.

C'était, depuis bien longtemps, le premier hommage masculin qu'elle reçût. Et puis, quelques-unes des explications du domestique l'avaient frappée: Denis était allé en face, « rapport à une lettre que... » C'était en face, justement, que Juliette avait entrevu le jeune homme dont elle avait parlé à Mme Lovel, ce jeune homme dont elle ignorait à peu près tout, mais qu'elle se « représentait en imagination ».

Elle était, la veille, accoudée au balcon lorsque des éclats de voix avaient retenu son attention.

Elle n'avait pas été peu surprise d'apercevoir, chez cette chanteuse qui avait contribuée à la ruiner — mais pour laquelle elle demeurait malgré tout sans haine — un jeune homme au visage à la fois énergique et distingué qui subissait, semblait-il, une avalanche de récriminations sans paraître les entendre.

Comment et pourquoi ce jeune homme se trouvait-il là? Juliette ne se l'était tout d'abord pas demandé.

Elle n'avait remarqué que ses traits, d'une belle régularité, que l'espèce de ravissement qui montrait qu'il était à cent lieues de Cécile Bella... Juliette avait considéré ce voisin d'occasion qui respirait la franchise et la sympathie. Alors une grande pitié s'était emparée d'elle.

— Quel mauvais génie l'a poussé chez cette créature malfaisante? songeait Juliette.

A ce moment le jeune homme avait levé les yeux.

Juliette tressaillit... Son regard et celui du voisin s'étaient rencontrés...

Dans cet échange spontané, rapide et mystérieux des âmes, Juliette avait compris...

Ce n'était pas Cécile Bella que le jeune homme écoutait et voyait...

La chanteuse n'existait pour ainsi dire pas... Toute la pensée de Gaston était tendue vers Juliette... Sa pensée, et aussi son cœur...

La jeune veuve rougit. Son cœur...

Son cœur battait à coups...

« Je suis folle, se dit-elle... Voilà qu'un... parce qu'un quidam... je me regarde par la fenêtre? »

Le « quidam »... était devenu... l'acuité de l'ouïe... « Veux-tu que je sois ta... » lui dit : « Bonsoir, madame. »

Julie respira bruyamment.

Ainsi il n'était que... la chambre... qu'elle repoussait.

Julie se traita de sotte... puis... Comme elle... le balcon, le jeune homme qui sortait... ensemble... le numéro de son hôtel... qu'elle... Son cœur... sain que...

Les femmes font... dans le... les... dans le... vers amoureuses...

...te présentait que... ne... pas pour toujours... Elle souriait... Elle ne pouvait plus s'empêcher... de cet inconnu qui lui avait... fonde...

« Non, non, il ne m'a rien dit... » elle honteuse... de la tendresse... qu'elle mettait... il ne m'a... ni... les lettres viennent de... Gaston de la Gaillarde et... il doit être loyal et bon. Son... Cela m'est un sûr garant de... Puis-je mieux le connaître...

La jeune femme... était...

Le timbre de l'entrée retentit.

— C'est lui peut-être! se dit Julie...

La femme de chambre vint... — Le notaire, madame.

— Le notaire? fit Julie... quelque...

— Eh! oui, madame, dit un gros... venant de quelques pas... j'ai eu l'avantage de venir chez vous... on dit, nul ne sait de quoi... vient...

vous donne bien du travail, madame, bien du travail... Ce n'est pas que nous, nous en plaignions, nous autres, officiers ministériels... Vous allez bien, madame? Permettez que je m'asseye... Il ne fait pas chaud, et il fait chaud tout de même. C'est extraordinaire.

— Que me veut-il? se demandait Juliette non sans inquiétude.

Cette visite inattendue ne la comblait pas d'aise outre mesure. La dernière fois qu'elle avait vu le notaire, c'était pour payer les dettes contractées par feu M. de Vendieuvres. Elle rassembla son sang-froid et, attrapant au vol les dernières paroles du très bonhomme.

— Il fait chaud en effet, monsieur. Vous offrirai-je de quoi vous rafraîchir?

— Merci bien, madame, merci bien. Je viens justement de prendre quelque chose avec le bon vieux domestique d'un de mes clients, M. de la Caillaudière.

M. Gaston de la Caillaudière! s'exclama Juliette. Il est de vos clients?...

— Vous le connaissez? fit le notaire. Ah! c'est un charmant jeune homme, et riche!... Il habite un de ces vieux hôtel avenue Henri-Martin... La guerre l'a un peu éprouvé.

— L'hôtel?

— Eh! non... mon client... Le bras gauche emporté... Vlan!... Les obus, quand ça s'y met, c'est pire que des rasoirs...

— On ne le dirait pas à le voir, fit Juliette.

— Non certes, parce qu'il a un bras mécanique... Dommage tout de même... La croix de guerre ne lui rendra pas son bras... Ah! c'est un jeune homme bien droit en affaires... Un beau et bon mari, allez, malgré tout... Eh! Eh! madame, qui sait? Qui sait?... On a vu plus fort!...

Juliette rougit.

— Vous allez vite, monsieur, dit-elle. Même s'il y avait de M. de la Caillaudière à moi et réciproquement l'inclination que vous supposez, un obstacle s'opposerait... Je suis pauvre...

— Quoi?... Quoi?... Vous *étiez* voulez-vous dire!

— Je parle au présent, monsieur. Ignorez-vous...

Le gros homme tapa sur la serviette de cuir qu'il avait apportée.

— Et ça? coupa-t-il. Suis-je venu pour des prunes?... Sachez, madame, que je suis messager de bon augure. Je vous apporte une nouvelle qui ne pourra vous faire pleurer que de joie.

Juliette ouvrit de grands yeux.

— Je ne veux pas vous faire attendre plus longtemps, dit le notaire, puisque vous ne savez rien. Vous ne lisez donc pas les journaux?

— J'avoue que non.

— Madame votre mère non plus?

— Elle regarde les communiqués officiels et s'attache au feuilleton. Le reste lui est indifférent.

— Mais il y a trois semaines que la chose a paru!... Enfin... Voici.

Le gros homme ouvrit sa serviette et tira un papier.

— L'associé de feu M. votre père, Jean Drauvet, est mort, n'est-ce pas.

— Je le sais, dit Juliette. Je l'ai pleuré, car j'avais pour lui une affection sincère.

— Il vous le rendait bien, madame. A preuve ce testament.

Le notaire éleva à la hauteur de son visage la feuille de papier timbrée et lut:

Telles sont mes dernières volontés.

Je soussigné, Jean Drauvet, qui suis veuf et sans enfants, considère que ma fortune n'est pas entièrement mon œuvre personnelle, mais qu'elle est aussi celle de Charles Lovel, mon ancien associé, lequel a été pour moi l'ami le plus sûr et le plus dévoué.

Je me suis toujours intéressé au sort de sa fille Juliette, que j'ai vue toute petite et que j'ai aimée comme ma véritable enfant.

J'ai souffert plus que quiconque de la voir mariée à un homme indigne qui l'a ruinée ainsi qu'il fallait s'y attendre.

Je crois faire acte de justice en reportant tout mon bien, à ma mort, sur la tête de celle qu'une mère trop peu prévoyante a véritablement sacrifiée.

Je constitue donc Madame Juliette de Vendœuvres née Lovel, ma légataire universelle.

Je tiens à ce que ce testament, fait en toute liberté d'esprit, ne soit lu à l'intéressée que trois semaines après que le libellé de ma décision aura paru dans les journaux dont la liste est ci-annexée.

En agissant ainsi, je ne prétends point me faire une réclame. Je veux seulement que ma volonté soit bien connue de tout le monde pour décourager à l'avance les prétendants à ma succession s'il s'en trouvait, ce que je ne crois pas.

Fait à Paris, en mon domicile, le 7 juillet 1915.

JEAN DRAUVET.

Le notaire s'arrêta. Juliette demeurait écrasée de surprise.

— Eh bien, madame, fit le gros homme, n'avais-je pas raison de vous dire que vous pleureriez de joie?

De grosses larmes perlaient aux cils de la jeune femme. Mais c'étaient des larmes de reconnaissance émue.

Le notaire, ayant rempli sa mission, se retira.

Juliette, demeurée seule, contempla longuement les grappes d'orchidées dont le parfum subtil la grisait, moins pourtant que l'image de celui qui les avait envoyées.

CHAPITRE III

APPARITION D'UN ORANG-OUTANG

Cécile Bella était furieuse.

Gaston de la Caillaudière ne voulait pas d'elle.

Les rêves d'orgueilleuse ambition que la chanteuse caressait depuis qu'elle savait le jeune homme de retour à Paris s'écroulaient comme un château de cartes.

— Je suis allée trop vite en besogne, soupirait-elle.

Je n'aurais pas dû lui laisser voir tout de suite où je voulais en venir.

— Ne désespérez pas, soufflait Myrto. Vous savez mieux que moi comment on prend les hommes. Gaston deviendra votre ami, et, le temps aidant, sera si bien empêtré qu'il ne s'en ira plus.

— Ah! bien oui!... Même pas ça! grinçait la Bella. Il a refusé catégoriquement!... Refusé!... A moi!... C'est une insulte, une véritable insulte! Son dédain me perce deux fois le cœur.

« Je ne l'aime pas, je ne l'ai jamais aimé... Je le hais plutôt... Je m'offrais sans conditions... C'est insensé!... J'en mourrai de colère!...

— Il aime peut-être une autre femme, risqua Myrto.

— Lui? ricana Cécile, lui, aimer?... Et quelle femme voudrait d'un manchot?... Il ne faut pas qu'il nourrisse de ces illusions, le pauvre!... Finis, les succès. Non, vois-tu, je suis une roûleuse, une propre-à-rien; et monsieur a de la naissance. Il me la paiera, celle-là!...

A ce moment la sonnerie de l'antichambre fit entendre ses sons grêles et répétés.

— Quelqu'un... Va voir, dit la chanteuse.

Myrto se dirigea vers la porte, ouvrit.

— C'est bien ici pour... pour... Attendez donc, on n'y voit rien dans ce corridor...

— Entrez, fit Myrto.

Denis apparut.

— Un bouquet! s'écria la Bella.

— De la part de Gaston de la Caillaudière, compléta Myrto qui venait de prendre, sans crier gare, le carré de bristol que le domestique tenait entre le pouce et l'index.

— De Gaston?... Ah!... Je respire! dit Cécile en changeant de visage. Tu es sûre, Myrto?

— Voyez vous-même.

Aglaé Mouton tendait la carte de visite.

— Donnez, mon brave, fit Cécile après avoir jeté un coup d'œil sur le bout de carton. Myrto, va le faire boire à la cuisine.

— Pardon excuse, articula Denis sans se rendre

l'invitation. Vous êtes bien madame... enfin la dame dont le nom est écrit là-dessus?

— Il y a aussi un mot? Ça, c'est gentil, triompha la chanteuse. Voyons ce qu'il me dit pour se faire pardonner, ce chéri!...

Cécile retourna la carte.

— Juliette de Vendœuvres! glapit-elle soudain.

— Voui, dit le valet de chambre, c'est ça.

— Cette pimbêche! Cette misère!... Et vous, vous venez vous offrir ma tête?... hein?...

— Vous vous trompez d'adresse, sourit Myrto; c'est en face qu'il fallait aller.

— Qu'il aille au diable! vociféra la Bella. Sors d'ici ou je t'envoie cette vaisselle par la tête! Pou gaieux! Valet de fripouille! Sinapisme ambulant!... Juliette de Vendœuvres! C'est trop fort!

— Quelle harpie! fit Denis en se retirant. Il y a du grabuge dans la casbah!... J'ai mis les pieds dans le plat! quoi!...

Après que le domestique eut disparu, Cécile demeura quelques instants sans voix.

Une pâleur livide montrait la rage qui la possédait.

— Tu as vu? dit-elle enfin.

Myrto hocha la tête.

— Me préférer cette mijaurée, cette sans-le-sou! gronda la chanteuse. Et moi qui lui donnais des déjeuners!... Il vient ici pour faire de l'œil aux voisines! Ça, c'est un comble!...

Cécile crispait les poings et marchait de long en large dans l'appartement.

— Je me vengerai, rugissait-elle.

— En attendant, n'oubliez pas que vous chantez aujourd'hui à l'*Exquis-Palace*, dit Myrto.

— Zut! L'*Exquis-Palace* se passera de moi!

— Mais vous êtes engagée.

— Et après?

— Vous aurez un dédit à payer, si vous manquez les représentations!

— Rezut! C'est vrai! Il y a matinée... Donne-moi mon chapeau... Je me vengerai... Ah! tu railles, par dessus le marché!... Là, mes gants...

— Vous sortez tout de suite? s'étonna Myrto, vous ne déjeunez pas?

— En ville... Au restaurant... J'ai besoin d'air...

La Bella sortit. Mais le mouvement, au lieu de la calmer, excitait davantage sa rancœur.

A l'*Exquis-Palace* elle étonna le directeur et les artistes par son humeur exécrable.

Elle chanta si mal, interpréta ses romances de si piètre façon que des sifflets nourris, chaque fois, l'accueillirent.

Seul, un spectateur barbu à lunettes d'or l'applaudissait à tour de bras.

— Qu'a donc cet orang-outang? fit-elle en haussant les épaules tandis qu'elle se rhabillait pour sortir.

Au restaurant de nuit où elle alla s'asseoir quand la « journée » fut terminée, Cécile vit bientôt arriver l'orang-outang en question.

Il paraissait chercher quelqu'un et regardait autour de lui avec attention.

Il aperçut Cécile et vint s'installer auprès d'elle.

— Manquait plus que ça! murmura la chanteuse.

Elle ne pouvait rien dire à l'homme barbu. Mais elle lui fit comprendre, par une mimique significative, qu'il déplaisait et que sa présence n'avait rien d'agréable.

Lui, sans prendre garde à ces démonstrations d'antipathie, coulait vers sa voisine des regards langoureux.

— Aurez-vous bientôt fini de faire l'idiot? lui décocha Cécile.

— Je continue, répondit le personnage. Vous savez qu'il y a longtemps que j'ai commencé.

La Bella se hâta de prendre le dessert. Elle appela le garçon pour payer.

— Inutile, dit le garçon, c'est fait.

— Comment? On dîne gratis, chez vous?

— Non, mais monsieur a réglé...

Le garçon désignait l' « orang-outang ».

— Vous voyez que pour un idiot je ne manque pas d'esprit, sourit le barbu.

Cécile eut envie de lui administrer une paire de claques. Elle s'abstint du geste, mais ses nerfs se détentirent en un rire nerveux que le personnage prit pour un aveu de défaite.

— Allons-nous-en, dit-il en prenant sans façon le bras de la Bella.

Celle-ci, ahurie, ne protesta que dans la rue:

— Ah! ça... à quoi pensez-vous?

L'homme ne répondit pas. Il héla un chauffeur qui passait.

— Où faut-il vous reconduire? demanda-t-il à Cécile.

— 32, rue Paul-Delrey, dit la chanteuse. Mais m'expliquerez-vous...

— Montez, dit le barbu.

Moins d'une minute plus tard le taxi roulait à toute allure par les rues presque désertes. Il s'arrêta bientôt devant la maison déjà connue des lecteurs.

— Il ne me reste qu'à vous remercier, fit la Bella en tendant la main à son cavalier de rencontre. Bonsoir et encore merci.

— Je vous demanderai un quart d'heure d'entretien, articula l'homme après avoir soldé le montant de la course. Un quart d'heure, pas plus... Vous pouvez bien m'accorder ça...

— Va pour un quart d'heure, dit Cécile. Mais je vous préviens qu'à la quinzième minute je vous tirerai ma révérence.

— Parfaitement, acquiesça l'homme.

Ensemble ils gagnèrent le salon de la chanteuse.

— Myrto! appela Cécile.

Myrto accourut.

— Quelle heure est-il?

— Minuit moins dix, madame.

— A minuit cinq tu accompagneras monsieur.

— Bien, madame...

Myrto, discrètement, s'éloigna. Alors, l'homme, tombant à genoux:

— Oh! mon joli Cœur-de-Marbre, je te retrouve enfin!... Il y a si longtemps que je n'ai pas caressé mon Cœur-de-Marbre, ma belle méchante adorée... Tu as peur?... Tu ne me reconnais pas?... Regarde...

D'un geste prompt, l'homme fit sauter la fausse

barbe, les lunettes et la perruque qui lui composaient un visage d'emprunt.

La Bella recula, effarée, jusqu'à un fauteuil dans lequel elle s'écroula...

— Monsieur de Vendœuvres! s'exclama-t-elle. Un mort! Un...

— Un revenant, ma poulette, un simple revenant! Ne crie pas au secours, je t'en supplie, tu ameuterais le quartier; et les gens n'ont pas besoin de savoir... Tu ne t'attendais guère à ma venue, dis?... Ah! Ah! Ah!... comme ma vue vous l'a bouleversée! Remets-toi, voyons, recouvre tes esprits... Je te dis que je suis en chair et en os, et plus amoureux que jamais.

Cécile, suffoquée, considérait son hôte avec un restant de terreur.

— Comment se fait-il... balbutia-t-elle.

— Oh! ce n'est pas compliqué, sourit M. de Vendœuvres. Tu m'avais ruiné, ma biche, et flanqué à la porte par-dessus le marché. La vie devenait intenable ici pour moi... J'ai fui... Je suis allé me perdre à New-York où il s'en faut que les femmes soient aussi gentilles qu'à Paris. J'en ai trouvé une, cependant, pas trop laide, qui pourvoyait à ma subsistance...

— Mais tu es bien... bien mort, bafouilla Cécile, puisqu'on a reçu l'avis officiel de ton décès!

— Officiel... officiel, sourit de Vendœuvres, je vais t'expliquer: Je voulais disparaître. Un jour, à Brooklyn, j'aperçois près de la berge — il y a de l'eau, là-bas, tu t'en doutes — j'aperçois, dis-je, le cadavre d'un pauvre diable qui flottait. Je lui ai glissé mes papiers dans sa poche, tout bonnement, après avoir retiré les siens. On change d'état-civil comme de chemise, ma petite, ce n'est pas malin... Donc, je m'ennuyais à New-York; j'ai plaqué mon Américaine grâce à quelques dollars que je lui ai empruntés sans l'avertir, et me voici... Je ne pouvais plus me passer de toi, cher ange!...

— Incroyable!... murmura la Bella encore mal revenue de ses doutes.

— Incroyable mais vrai, comme disent les grands magasins, sourit de Vendœuvres. Tu ne m'as seulement pas embrassé, mon amour... Recouvre tes esprits et ouvre-moi les bras... Je viens de si loin pour retrouver l'ivresse!... Et d'abord...

— Que fais-tu? s'étonna la chanteuse.

— J'ôte mon veston... il fait chaud... Ne suis-je pas chez nous, chez moi ici?...

Le visage de Cécile se barra d'un pli.

— Ah! non! fit-elle, pas d'excentricités, mon ami.

— Comment, pas d'excentricités?

— Remets ton veston.

— Mais j'ai traversé l'Atlantique...

— C'est possible, mais je ne te l'avais pas ordonné.

— ...Pour te faire une existence...

— Tu vas t'en aller bien sagement.

— ...Une existence tissue de délices. N'es-tu pas ma reine, mon idole, celle pour qui je dépenserai jusqu'au dernier centime?

Cécile eut un rire bref.

— C'est déjà fait, mon ami.

— Tu remarqueras, dit de Vendœuvres, que je suis venu tout droit chez toi. N'est-ce pas une marque touchante de fidélité, cela?

— Eh! ta fidélité, je m'assieds dessus, fit Cécile impatientée. Faut-il te rappeler les choses? Tu es purée, outrageusement purée; et la tête de vieux singe pelé t'interdit de te présenter dans mon hôtel autrement que les mains pleines. Vrille-toi bien cet avis dans la caboche. Trouve de l'argent. Dévisse la colonne Vendôme et engage-la au Mont-de-Piété, c'est ton affaire. Moi, j'ai un faible pour les gros sous.

— Eh bien?... Puisque je t'en apporte!

— Toi?

— Oui, moi.

La chanteuse eut une moue d'incrédulité.

— Les dollars de l'Américaine?... Et tu crois que cette misère va me tenter? Remets ton paletot.

De Vendœuvres cligna de l'œil.

— Pas l'Américaine, mais ma femme, déclara-t-il.

— Ta femme! Tu perds la boule!

— Ne fais donc pas l'innocente... Tu es aussi bien renseignée que moi.

— Je t'assure que non.

— Pourtant les journaux...

— Eh! laisse les journaux où ils sont. Nous ne faisons pas de politique. Il s'agit de ta femme.

— Justement... C'est par eux que j'ai appris qu'elle venait d'hériter...

— Hériter!

— *Yes.*

Cécile regardait son interlocuteur avec une sorte d'effarement. La porte s'ouvrit et Myrto parut.

— Le quart d'heure est passé, madame... Minuit cinq, juste... Je suis prête à accompagner monsieur...

— Va voir dans ta chambre si j'y suis, dit la Bella. Et ne viens plus nous déranger pour rien. Monsieur est bien où il est.

— Merci, mon étoile dorée, fit de Vendœuvres quand Myrto se fut éloignée.

— Revenons à nos moutons, dit la chanteuse. Ta femme a hérité?...

— Oui, de Drauvet, l'associé de Lovel. La voilà plus riche qu'avant son mariage.

— Sans blague!

— Ai-je la figure de quelqu'un qui plaisante? Plus riche qu'autrefois, te dis-je. As-tu toujours les dents longues, mon joli Cœur-de-Marbre? Voudras-tu pour un temps redevenir cœur de velours et cœur de feu?... Je déteste ma femme. J'ai dans les oreilles ses reproches des derniers jours. Quelle vertu! Quelle morgue! Quelle barbe!...

— Sa vertu s'est bien relâchée depuis quelque temps, laissa tomber la Bella.

— Tu dis?

— Je dis que ta Juliette a trouvé un Roméo.

— Elle?... Ah! oui?... On va mettre ordre à ça!

— Je te conseille de parler d'ordre, ricana Cécile. Que ta femme te trompe, je n'y vois pas d'inconvénient...

— Ah! pardon! mais moi...

— Oui, toi, justement, tu la trompes bien. L'essentiel, n'est-ce pas, c'est de lui soutirer les billets qui vont garnir ses coffres et de la mettre sur la paille.

— Je le ferai sans remords puisqu'elle se conduit mal, affirma de Vendœuvres sans sourciller.

— Et moi avec plaisir parce qu'elle s'est mise en travers de mon chemin, ajouta la Bella. Elle m'empêche de devenir honnête, et cela mérite un châtiment.

— Nous sommes d'accord, poulette.

— Malheureusement...

— Allons, bon... Qu'y a-t-il encore?

— Je crains bien que tu ne sois arrivé trop tard.

— Trop tard!... Elle a déjà tout mangé?

— Non. Mais tu oublies que tu es mort.

— Mais puisque c'est de la frime!...

— Ne t'emballe pas, et raisonne: Ton décès a été constaté et enregistré. Ta veuve a en mains un acte d'état civil régulièrement dressé. Toi, tu ne comptes plus.

« Tu pourrais crier jusqu'à demain à la porte de ta chère moitié, et brâmer que tu es M. de Vendœuvres, nul ne serait obligé de te croire...

— Mais puisque...

— Laisse-moi donc dire, imbécile!... Ta femme a légalement le droit de se remarier sous ton nez sans que tu puisses protester. Et elle se remariera si tu n'y mets bon ordre.

— On rectifiera l'état civil, et voilà tout.

— Des nèfles!... Il y aurait enquête, et il faudrait que tu expliques pourquoi et comment l'on a pu trouver tes papiers dans la poche du noyé de Brooklyn... On fouillerait dans ta vie privée à New-York, on découvrirait tout et ce serait du propre... Sans compter que l'Américaine à qui tu as subtilisé de l'argent...

— Emprunté, ma mignonne, emprunté...

— ...A qui tu as « emprunté » discrètement des dollars te ferait mettre en prison.

De Vendœuvres s'administra deux coups de poing sur le crâne.

— C'est pourtant vrai! gémit-il. Je suis mort officiellement et je ne puis rien dire!...

— Mais tu peux agir... Veux-tu que ta femme se remarie?

— Cela, non! dit de Vendœuvres avec force.

L. E. — CŒUR DE MARBRE.   2

— Alors, débrouille-toi... fais rater l'affaire... Supprime au besoin l'obstacle qui se dresse devant notre bonheur... Mais sois discret; ne découvre pas ton jeu; reste dans l'ombre... Quand ta pimbêche verra qu'une fatalité poursuit ses princes bleus tu pourras te faire annoncer. Pas avant.

— Tu as raison, dit de Vendœuvres. En attendant, vais-je coucher sous les ponts?

— Ici, vieux débris. Je te fais crédit. Tu as besoin qu'on te soutienne et te dirige. Tu ne vaux pas grand'chose pour l'intrigue...

— Erreur, déclara le triste individu. La perspective des billets de banque à toucher m'ouvre l'imagination et décuple mes moyens.

— A l'œuvre, dans ce cas, dit la Bella.

CHAPITRE IV

FIANCÉS...

— As-tu fait ma commission? demanda Gaston de la Caillaudière.

— J'y suis allé tout droit, oui monsieur, répondit Denis.

— Que t'a-t-on dit?

— On m'a donné cent sous.

— C'est bien... J'ai ce qu'il me faut... Laisse-moi.

Le valet de chambre sortit. Gaston alla s'asseoir devant un élégant secrétaire, prit une feuille de papier, un porte-plume... et s'arrêta.

— C'est la sixième lettre que j'essaye d'écrire depuis ce matin, murmura-t-il. Non, décidément les mots disent trop ou trop peu quand on les a couchés sur une page blanche. Ils en arrivent à ne plus avoir de sens...

Le jeune homme parut méditer quelques instants. Puis, brusquement, il se leva.

Après qu'il eut appuyé sur un timbre, Denis vint de nouveau.

— Qu'on prépare l'auto, dit Gaston.

— Oui, monsieur, fit le domestique.

Demeuré seul, de la Caillaudière s'examina devant une glace. Il rajusta sa cravate, se coiffa d'un feutre gris, se ganta...

— Voici que ma main tremble, sourit-il. Aurais-je peur ? Ce que je vais faire est donc si terrible ?

« Ah ! Juliette ! Puissent vos sentiments n'être pas contraires aux miens !

« Puisse ma disgrâce physique ne pas vous impressionner défavorablement !

« Vos grands yeux noirs semblent témoigner d'un cœur noble et affectueux... Ces yeux qui me hantent et me troublent...

« Juliette... Juliette...

— Le chauffeur attend monsieur ! lança Denis par l'entrebâillement de la porte.

Gaston descendit.

— Rue Paul-Delrey, fit-il avant de prendre place dans l'auto.

La superbe limousine démarra peu après et s'enfonça sous les arbres de l'avenue ombragée.

Au fur et à mesure qu'elle se rapprochait du but, Gaston se sentait envahir d'une crainte grandissante.

— Comment me présenterai-je et que lui dirai-je ? se demandait-il ?

En lui chantait une phrase qui résumait tout, mais dont l'absolu lui donnait le frisson. Cette phrase, il n'oserait jamais la prononcer tout haut devant *elle*. Et il cherchait une entrée en matière, un préambule qui contînt l'aveu sans dépasser les bornes de la bienséance admise par l'usage.

Il tournait et retournait des formules dont aucune n'arrivait à le satisfaire quand soudain il tressaillit...

N'était-ce pas Juliette qu'il venait d'apercevoir, là, dans la rue, à quelques pas ?

L'auto ralentissait justement à cause d'un encombrement de voitures. Gaston se pencha...

— C'est elle ! faillit-il s'écrier. Elle se retourne... Elle double le pas... Quelle inquiétude dans son regard !... Qu'y a-t-il ?... Qu'y a-t-il ?...

Toutes les timidités du jeune homme disparaissaient. Envolées, les formules étudiées! Juliette était tout près, dans la foule...

Gaston saisit le porte-voix.

— Stop! ordonna-t-il.

Le chauffeur donna un coup de volant, fréna...

Gaston ouvrit la portière, sauta sur l'asphalte du trottoir, courut à la jeune femme.

— Madame, dit-il, excusez-moi...

— Ah! monsieur! fit-elle, protégez-moi, je vous prie!

— Vous êtes en danger?

— L'on me suit... un homme d'aspect louche...

Gaston se retourna et aperçut une manière de vieillard au chapeau rabattu sur les yeux, qui était arrêté à une vingtaine de mètres.

— Oserai-je vous offrir ma voiture, madame?

— Oui... J'accepte de grand cœur, répondit Juliette en prenant, d'instinct, le bras de son protecteur bénévole.

Une minute plus tard la limousine démarrait de nouveau. Juliette et Gaston étaient assis côte à côte.

Elle avait, du premier coup, reconnu le voisin de la rue Delrey et elle bénissait le hasard qui avait présidé à cette rencontre inopinée. Il se taisait. Elle éprouva le besoin de parler pour cacher son trouble et son ravissement.

— Moi qui ne sortais jamais!... Figurez-vous, dit-elle, qu'aujourd'hui la fantaisie m'avait prise d'aller voir un peu les magasins... Et il a fallu qu'un grossier personnage que je n'ai vu de ma vie s'attache à mes pas... Je joue de malheur... ou plutôt... ne faites pas attention, monsieur; je suis encore toute bouleversée...

— Je suis trop heureux d'avoir pu vous rendre un léger service, articula Gaston. Vous reconduirai-je à votre hôtel?... rue Paul-Delrey, n'est-ce pas?

— Oui, fit-elle en rougissant.

Ils se regardèrent. L'offre de Gaston, avec sa précision, était une manière indirecte de rappeler qu'ils n'étaient pas l'un à l'autre des inconnus...

— Oserai-je vous demander, poursuivit le jeune

homme, si l'hommage que l'on vous a fait présenter vous a été agréable?

Il s'exprimait maladroitement, et la lourdeur de sa question ajoutait le charme de l'embarras au charme de leur mutuelle présence.

— Les fleurs étaient belles, murmura Juliette.

— J'aurais voulu qui vous trouviez à leur parfum une éloquence persuasive dont je ne suis pas capable, dit Gaston.

La jeune femme rougit un peu plus fort.

— Vos vœux sont à moitié exaucés, avoua-t-elle. Dans les effluves des belles orchidées j'ai démêlé de la sympathie, gage d'une amitié possible...

— L'amitié, de vous à moi, me serait une souffrance, fit-il.

Elle demanda, badine:

— Une souffrance?... Pourquoi, mon Dieu?

— Parce que vous êtes belle, articula Gaston d'une voix basse et rapide; parce que le destin a voulu que votre regard trouve le mien... Je suis fou, n'est-ce pas? Vous allez me reprocher d'abuser de l'hospitalité que je vous ai spontanément offerte...

— Je ne vous reproche rien, fit-elle émue.

— Vrai? dit-il. Mais savez-vous que les mots délirants qui se pressent à mes lèvres et que je ne prononcerai pas... Que ne puis-je commander à mes yeux!... Je n'ai pas le droit de vous parler ainsi que je le fais, moi qui ne suis après tout qu'un... réformé de la guerre...

— Je sais, dit-elle. Vous vous êtes vaillamment comporté en Artois et vous avez fait le sacrifice d'un bras à la Patrie.

Il la considéra avec étonnement.

— Ah!... L'on vous a dit...

— Votre blessure est glorieuse, poursuivit-elle, et votre modestie vous rend injuste envers vous-même. Oh! je n'ai rien fait pour apprendre... Mon notaire, qui est aussi le vôtre, m'a donné des détails que je ne lui demandais pas...

— Ils ne vous intéressent guère, en effet, soupira Gaston.

— Encore une calomnie à votre endroit, sourit la jeune femme.

Il y eut un silence au cours duquel elle et lui s'aperçurent qu'ils avaient, sans s'en douter, échangé leurs cœurs.

— Prisonniers de notre discrétion, je crois, sourit Juliette.

Il lui prit la main.

— C'est vrai, dit-il, et j'en suis bouleversé d'émotion... Ainsi, vous voulez bien que je vous avoue que je vous aime?...

Il ne tremblait plus maintenant qu'il était sûr de vaincre, qu'il avait vaincu... Il redevenait homme, homme ardent et fort. Il répéta:

— Je vous aime.

Elle ferma les yeux, défaillante...

Quand elle les rouvrit, Gaston l'avait attirée à lui.

— Juliette, articulait-il tout bas, Juliette, je suis heureux... Je n'osais espérer... Je renais à la vie... Mais dites-moi, vous aussi... je veux entendre...

Elle le regarda longuement.

— Je vous aime aussi, fit-elle dans un souffle.

Il se pencha davantage, et, sans qu'elle résistât, leurs lèvres s'unirent dans un baiser de fièvre où s'imprimait la passion de deux êtres jeunes et beaux, un baiser qui scellait l'entente des cœurs et le mariage des âmes.

— Juliette... Juliette... je suis à toi désormais.

— Et moi je... t'appartiendrai toute.

L'auto s'arrêtait... On était à l'entrée de la rue Delrey. Gaston ordonna au chauffeur de pousser jusqu'à l'hôtel de Juliette de Vendœuvres.

La jeune femme et celui qui était maintenant son fiancé franchirent la grande porte et se rendirent dans l'appartement de Juliette.

— Les orchidées, dit-elle en montrant le bouquet dans un vase du salon. Mes gracieuses messagères... Elles ne m'ont pas trompée!

— Il y en aura toujours chez vous, sourit Gaston.

— Et voici le balcon où je me tenais lorsque nous nous sommes aperçus pour la première fois.

Les yeux de Juliette pétillaient d'une malice discrète. Le jeune homme comprit, et, sans le moindre embarras:

— J'étais chez une chanteuse, dit-il, une chanteuse

sans foi ni scrupules qui m'avait tendu un piège.
N'avait-elle pas jeté son dévolu sur moi?

— Je la connais de nom, articula Juliette. Je ne
lui en veux pas malgré tout le mal qu'elle m'a fait.
Si j'ai été ruinée, c'est en partie à cause d'elle...

— Mais le sort, dans sa justice, a voulu que grâce
à elle aussi l'amour nous rapprochât pour ne plus
nous séparer.

« Ta ruine n'aura été que passagère, Juliette.

« Je suis orphelin... je dispose d'une fortune
assez grande pour deux... Ne proteste pas... Ta fierté
va-t-elle à présent t'obliger à revenir sur tes serments?

La jeune femme secoua négativement la tête.

— Non, Gaston, non, murmura-t-elle. Jamais je ne
consentirais à épouser un homme qui me ferait en
quelque sorte l'aumône du bien-être et du luxe...

Il pâlit.

— Alors?... je ne comprends plus... balbutia-t-il.

— Je parle au conditionnel, sourit-elle. Je n'aurais
jamais consenti à devenir l'obligée de mon mari. Ce
ne sera heureusement pas le cas.

Gaston ouvrait de grands yeux.

— Cécile Bella se serait donc trompée? demanda-
t-il.

— Du tout, répondit Juliette. Seulement, j'ai fait
un héritage. Regarde plutôt...

La jeune femme atteignit un coffret, l'ouvrit, en
tira une feuille de papier couverte d'une écriture
haute et serrée.

Gaston lut le testament de Jean Drauvet.

— Je respire! dit-il. J'aurais abandonné mes pro-
pres biens pour ne pas renoncer à toi. Mais avoue,
Juliette, que si la richesse ne fait pas le bonheur, elle
y contribue dans une certaine mesure... Tu m'as
causé une belle frayeur...

— Oublie-la, fit-elle. T'offrirai-je une tasse de thé?

Le jeune homme accepta. Juliette sonna la cuisinière.

Celle-ci ne fut pas peu étonnée de voir que sa
maîtresse recevait. Depuis longtemps nul visiteur ne
franchissait plus le seuil de l'hôtel.

— Il est charmant, ce monsieur, songeait la domestique en préparant la théière. Voilà le mari qu'il aurait fallu à madame, et non pas ce vieux fêtard qui l'a dédaignée, dès le lendemain des noces, pour courir après des actrices.

Demeurés seuls après que la brave femme eut apporté le plateau, Juliette et Gaston vécurent les heures exquises qui suivent l'aveu, où les regards longuement échangés alternent avec les tendresses exprimées à voix basse et se ponctuent de baisers qui sonnent clair la jeunesse et l'amour.

Le temps fuyait, rapide.

— La nuit, déjà!... s'étonna Gaston.

— A demain, mon aimé, soupira Juliette.

Ils s'étreignirent fiévreusement dans l'ombre grandissante du crépuscule avant de se séparer.

Gaston descendit seul.

De la fenêtre, Juliette le vit monter en auto. La jeune femme ne rentra que quand la voiture eut disparu au tournant de la rue.

— Le bonheur brise autant que la douleur, remarqua-t-elle. Je pleurerais pour un peu...

Elle s'assit, le cœur lourd de félicité rayonnante.

Mais à peine revivait-elle en pensée les minutes indicibles qui décidaient de sa vie qu'elle tressaillit.

— Es-tu malade? fit une voix bien connue.

— Non, maman, répondit Juliette.

— Le spleen, alors? articula Mme Lovel qui était entrée, selon son habitude, sans se faire annoncer. La solitude ne te vaut rien, ma fille.

— Mais je ne m'ennuie pas, affirma la jeune femme.

— A la bonne heure! J'aime à te voir dans ces dispositions. Il fait noir comme dans un four, chez toi. Tu exagères l'économie, ma fille. Ce n'est pas parce que tu es pauvre qu'il faut bannir la clarté du salon...

Ce disant, Mme Lovel tourna un commutateur, et les ampoules électriques inondèrent aussitôt la pièce d'une lumière crue.

— Tiens!... Tiens!... s'écria la nouvelle venue en en apercevant les tasses sur le plateau; un five o'clock?

— Oui, maman, répondit Juliette.

— Il est venu?

— Il est venu. Vous savez donc...

— Tu l'as bien reçu, je suppose?

— Aussi bien que possible. Mais vous savez...

— Je sais tout, ma fille, dit Mme Lovel en clignant de l'œil. Ainsi tu es décidée?

— Je le suis.

— Tu te remaries?

— Je me remarie.

— Viens dans mes bras!... Ma Juliette chérie!... Je savais bien que tu ferais plaisir à ta mère!... Il n'osait plus se présenter parce que je lui avais fait part de tes hésitations. Mais je l'ai poussé, littéralement poussé... Il était tellement décidé, à la fin, que j'ai compris que ce serait pour aujourd'hui... Et je voulais savoir, tu comprends...

— Je ne comprends rien du tout, ma mère, fit Juliette en se dégageant. De quoi et de qui voulez-vous parler?

— Je veux parler de ton mariage, parbleu.

— Ah! bien!

— ...De ton mariage avec Raguenal.

— Raguenal!...

— Oui.

— Pouah!...

Mme Lovel se redressa comme si un courant électrique l'avait traversée de la nuque aux talons.

— Comment? fit-elle. Que dis-tu?

— Je dis: « pouah! ».

— Mais alors,... ce n'est pas... Ce n'est pas Raguenal qui... bégaya-t-elle.

— Non, maman. Raguenal peut rester où il est.

— Et quel est donc le freluquet?

— Pas de grands mots, maman; pas d'indignation, je vous prie... Vous me disiez vous-même, il n'y a pas longtemps encore, que le gendre vous importait peu pourvu qu'il fût riche.

— Mais quand je t'ai demandé quel était l'homme de ton choix tu m'as répondu par des niaiseries! glapit Mme Lovel. Tu t'es donc moquée de moi?

— Je vous jure que non.

— Tu es allée vite en besogne, alors. Trop vite, ma mie. Je te préviens que j'ai donné ma parole à Raguenal et que tu l'épouseras.

— Erreur.

— Tu l'é-pou-se-ras! appuya Mme Lovel. Je suis ta mère, que diable! Tu me dois l'obéissance... me faire manquer à ma parole? Ce serait du joli!... Raguenal me sera tout dévoué, et je tiens à m'entendre avec mon gendre, moi!... Nous sommes sur la paille, tu l'oublies trop, et Raguenal a des écus...

— Nous ne sommes plus sur la paille depuis que Drauvet m'a légué sa fortune.

— Hein? fit Mme Lovel abasourdie.

— Je vous abandonne volontiers la moitié de la succession, dit Juliette. Mon fiancé n'y verra pas d'inconvénient, j'en suis persuadée.

Il y eut un silence. Mme Lovel semblait douter de ce qu'elle entendait.

— Le testament est là... Vous pouvez lire...

Mme Lovel se jeta sur le document, le dévora...

— Ah! mais!... fit-elle, c'est délicieux, cela!... Je n'avais qu'une peur... J'avais bluffé pour laisser croire à Raguenal que tu avais une dot... Je ne mentirai plus. Elle y est, la dot, et rondelette, encore!... C'est délicieux, délicieux!...

Juliette se mordit la lèvre pour ne pas dire l'exaspération que provoquait en elle l'attitude de sa mère.

— Raguenal n'est pas venu, poursuivit celle-ci. Ce sera donc pour demain.

— Dites-lui de s'abstenir, conseilla Juliette.

Mme Lovel se campa devant la jeune femme:

— Ah! ça! clama-t-elle, vas-tu tenir longtemps ce rôle de révoltée? Je veux que tu reçoives Raguenal et que tu dises oui, entends-tu? *Je veux...*

Juliette allait répondre vertement. Elle se contint encore, cependant.

— Raguenal, songeait-elle, sera plus raisonnable. Il ne peut m'épouser de force, et je lui ferai entendre que je ne suis pas libre...

— Je veux! répéta Mme Lovel.

Juliette s'inclina:

— Qu'il vienne, nous causerons, dit-elle.

CHAPITRE V

JOLI TRIO

Le vieillard au chapeau rabattu sur les yeux qui causait tant de frayeur à Juliette quand Gaston l'avait rencontrée n'était autre, on le devine, que M. de Vendœuvres.

Fort de l'hospitalité que lui offrait Cécile Bella, le « revenant », ainsi que l'appelait la chanteuse, s'était mis en campagne sans perdre de temps.

Il était admirablement placé pour surveiller les faits et gestes de la jeune femme.

Dissimulé derrière un rideau, il observait l'hôtel dans lequel n'habitait plus, depuis de longs mois, que la solitude et l'ennui, lorsque Cécile était apparue.

— Que fais-tu là ? s'était-elle écriée.

— Tu vois, répondait de Vendœuvres, j'épie...

— Tu fais semblant d'épier... C'est une manière comme une autre de t'incruster chez moi et de m'habituer à ta présence continuelle. Je te préviens que ça ne mord pas, mais pas du tout. Ce n'est pas d'ici qu'il faut agir... Prétends-tu surprendre un secret ? Ta femme est bien trop rouée pour se livrer à la curiosité des voisins. Elle tirerait le rideau, mon ami, si elle recevait son galant...

— Ah ! Elle ne le reçoit pas ?

— Non.

— Elle va chez lui, alors ?

Cécile haussa les épaules.

— Tu es un âne ! articula-t-elle.

— Un âne !... Un âne !... grogna de Vendœuvres ; je ne suis pas un âne. Et la preuve, c'est que je m'en vais.

— Tiens, tiens ! Et où vas-tu ?

— La faction a du bon, quoi que tu en dises... Ma femme sort...

— Elle sort!

— Regarde.

Cécile se pencha, puis, aussitôt:

— Ton chapeau, ta canne, ta fausse barbe... Dépêche-toi.

De Vendœuvres voulut attirer à lui la Bella.

— Un baiser, ma déesse, un baiser pour me donner du courage...

— Rien du tout! glapit Cécile en reculant d'un pas. Travaille d'abord, nous verrons ensuite. Tu vas te laisser distancer... Allons, galope!

Le vieillard se grima en hâte et descendit dans la rue.

Il aborda le trottoir au moment où Juliette tournait l'angle du boulevard.

De Vendœuvres allongea le pas.

Quand il tourna à son tour dans la grande artère animée, la jeune femme était à moins de vingt mètres devant lui.

Elle avait quitté l'hôtel par besoin de mouvement. La claustration lui pesait depuis que le regard de cet inconnu avait croisé son regard à elle. Ce regard, c'était une invitation à la vie... Et Juliette, en dépit des vêtements de deuil qu'elle s'obstinait à porter par respect pour la mémoire d'un homme peu respectable, Juliette était avide d'existence depuis que son cœur battait délicieusement.

Elle souriait à l'image qui, depuis peu, se présentait sans cesse à sa mémoire, une image dont elle savait le nom... Elle se mirait, au passage, dans les hautes glaces des magasins comme pour se demander à elle-même: « Suis-je toujours jeune? Suis-je toujours belle?... Un homme jeune et beau peut-il m'aimer? » La réponse n'était pas douteuse, et Juliette éprouvait une émotion bien douce à se dire que le hasard, qui avait entre l'inconnu et elle ébauché le rapprochement des regards, voudrait peut-être achever l'œuvre qu'il avait si joliment commencée...

Toute à ses rêves, Juliette n'avait point trop pris garde tout d'abord à l'espèce de fantôme barbu qu'elle apercevait dans les miroirs chaque fois qu'elle s'arrêtait... Et puis, ce fantôme devenant obsession, la jeune femme s'était retournée...

De Vendœuvres avait vivement rabattu son chapeau.

— Allons, bon! grommelait-il, voilà que je suis repéré! Je saurai tout de même bien où tu vas! Je ne te lâche plus!... Tu marches plus vite? Je vais mettre aussi de l'avance à l'allumage.

Le triste vieillard fit les enjambées plus grandes. La promenade de Juliette prenait les allures d'une fuite, et celle de de Vendœuvres se transformait en véritable chasse... A ce moment l'auto de Gaston de la Caillaudière stoppa... Gaston descendit, offrit une place à Juliette... Tous deux remontèrent dans la limousine...

De Vendœuvres avait, immobile, assisté à la scène.

— Je suis volé! gronda-t-il. C'était une maison, la maison qu'il me fallait... Et je me casse le nez sur une voiture!

Le chauffeur virait à ce moment. De Vendœuvres tressaillit.

— Suis-je bête! Et le numéro de l'auto?

Le numéro était parfaitement lisible à distance. C'était plus qu'il n'en fallait pour identifier le propriétaire. L'opération ne demanda que quelques heures au vieux décavé, qui prit aussi l'adresse du jeune homme.

De retour chez la Bella, de Vendœuvres se frotta les mains.

La chanteuse était absente. En dépit de ses aspirations à l'honnêteté, elle passait souvent, hors de chez elle, des nuits d'entière et folle débauche.

Quand elle rentra, le lendemain, elle trouva le vieillard qui piaffait d'impatiente nervosité.

— D'où viens-tu? demanda-t-il.

— D'où il me plaît, répondit Cécile. Je n'ai pas de compte à te rendre.

— Alors, embrasse-moi...

— Y a-t-il du nouveau?

— Oui.

— ...?...

— Ils se promènent en auto... Ils se promenaient, plutôt...

— Et tu en as profité pour...

— Oui, j'en ai profité... je sais maintenant qu'il s'appelle Gaston de la Caillaudière et qu'il demeure avenue Henri-Martin.

— Et puis?...

— Et puis?...

— Oui.

— Mais... C'est tout... pour le moment.

Cécile éclata de rire:

— Boum! Enfoncez les portes ouvertes!... C'est de l'histoire ancienne, cela! Myrto t'a renseigné...

— Non pas! C'est moi, moi tout seul...

— Alors tu n'es plus que les trois quarts d'une buse. Aide-moi à lacer ces bottines...

— Tu sors encore?

— Il faut bien chanter ce soir!...

— Emmène-moi.

— Viens si tu veux, mais grime-toi convenablement.

Pour suivre la Bella au théâtre, de Vendœuvres eût multiplié les artifices de toilette. Il se fit une tête méconnaissable et prit place aux côtés de Cécile dans le taxi qui les conduisait à l'*Exquis-Palace*.

Le « numéro » de la chanteuse tenait peu de place dans le programme.

A peine eut-elle lancé aux échos de la salle les dernières notes du couplet à la mode qu'elle revint dans sa loge. Myrto l'y attendait avec un billet à la main.

— Un monsieur m'a remis ceci pour vous, dit la femme de chambre.

Cécile prit le carré de papier, le déplia et lut:

« Voudriez-vous accepter à souper? Je vous attends à la buvette. »

— Ce n'est pas signé! fit la chanteuse. Je n'irai pas.

— Vous préférez passer le reste de la soirée avec celui que vous appelez le vieux singe? sourit Myrto non sans malice.

— De Vendœuvres?... C'est pourtant vrai qu'il est ici... Ma foi, ne serait-ce que pour lui montrer que je me moquerai de lui tant qu'il sera pauvre, j'irai avec l'homme au billet.

La Bella mettait ses gants. Elle sortit de la loge et se rendit à la buvette.

— Ça, c'est gentil! Je commençais à désespérer, grimaça aimablement un personnage chauve et ventru qui se tenait contre la porte.

— Raguenal! s'exclama Cécile. Il y a des siècles qu'on ne vous avait vu! Vous étiez malade?

— Heu! heu! fit Raguenal; c'était, en effet, une sorte de maladie... mais j'ai pris la douche... Je ne sais si je suis content ou furieux. Figure-toi, ma pe-tite...

— Tu me raconteras ça en soupant, coupa la chan-teuse.

— Oui, oui, soyons gais, articula Raguenal avec une figure de croque-mort.

Ils passèrent dans un salon et s'assirent devant une petite table où les cristaux brillaient parmi la blan-cheur des nappes et des serviettes.

— J'ai besoin de me remonter, soupira le gros Luc en avalant coup sur coup trois coupes de cham-pagne.

Cécile tendait un verre au garçon pour se faire servir du bourgogne lorsque de Vendœuvres parut.

— Ah! bien... ne nous gênons plus! gronda-t-il.

— Toi, rentre ton indignation, dit Cécile d'un ton péremptoire.

— Qui est-ce? demanda Raguenal.

— Un vieil idiot qui m'adore, ricana Cécile.

De Vendœuvres s'inclina.

— Ma foi, dit Raguenal, je suis un vieil idiot aussi. Je ne veux pas vous sevrer, monsieur, du bonheur de contempler madame. Asseyez-vous et soupons tous les trois. J'ai surtout besoin de bruit et de compagnie... D'autre champagne, garçon!... Ce qui m'arrive est incroyable, inouï, fantasmagorique...

Le garçon apporta du champagne. L'on but. Lors, Raguenal dont les oreilles devenaient cramoisies:

— Regardez-moi... Ai-je la tête de quelqu'un dont il est permis de se moquer?

— Certainement, dit Cécile.

— Non pas, fit de Vendœuvres avec une gravité comique.

— Eh bien, mes amis, je devais épouser une petite

veuve charmante au possible, mignonne, si mignonne
que c'est à se pâmer rien que d'y penser...

— Voyez-vous ça!

— Peu vous importe son nom. Mais, pour que vous
ne soyez pas tentés de me traiter en bluffeur, je vous
dirai qu'elle se nomme Juliette de Vendœuvres.

— Hein?

— Comment?

— Ça vous fait tiquer?... Parbleu! C'est une mor-
ceau de roi. Je me suis toujours dit qu'il fallait que
son mari fût le plus âne d'entre les ânes pour la
délaisser comme il l'a fait.

— C'est aussi mon avis, dit Cécile.

— Mais... fit de Vendœuvres.

— Attendez donc... ce n'est pas fini, sourit Raguenal. La maman de Juliette m'avait formellement promis la main de sa fille. Je dis formellement, vous
entendez?

— Alors?

— Alors?... Je me présente aujourd'hui dans la
tenue que vous voyez, chez Juliette. Je fais ma demande en termes aussi galants que courtois...

— Et? s'informa de Vendœuvres.

— Et, mon cher, l'on m'a répondu non.

— Il fallait insister, dit Cécile.

— J'ai insisté.

— Se recommander des promesses formelles de
la maman.

— Je n'y ai point manqué. La petite s'est fâchée
tout rouge, m'a traité de goujat ou presque et m'a
mis à la porte... moi, Raguenal!... La mère est furieuse, et moi aussi. Il y a de quoi. Pas vrai, qu'il y
a de quoi?

— Si fait, dit Cécile.

De Vendœuvres hocha la tête.

— Vous tiendriez-vous pour battu, vous? fit Raguenal et s'adressant à de Vendœuvres.

Ce dernier allait répondre par l'affirmative quand
Cécile lui lança un coup de pied sous la table.

— Non, pas battu, dit-elle. Pour moi, ce ne serait
que le commencement de la bataille.

— Et que ferais-tu, ma poulette?

— J'enlèverais la récalcitrante.

— L'enlever ? Bigre !...

— Est-ce si difficile ? N'as-tu pas quelque part à la campagne une propriété...

— Si, si, mais c'est en Périgord. Mais elle va crier, si je l'enlève, elle fera du tintoin... ce seront des histoires...

Cécile haussa les épaules.

— Puisque la mère est pour toi !... Elle t'aidera, la mère... Tu n'as donc pas d'imagination ?

— C'est que... fit Raguenal avec une nouvelle grimace, c'est que... je ne vous ai pas tout dit... La belle Juliette prétend se marier de sa propre autorité...

— Et puis ?

— Se marier avec un jeune comte... un certain Gaston de la Caillaudière...

— Flanquez-lui un coup d'épée, grinça rageusement de Vendœuvres.

— Brr ! fit Raguenal. Il revient de la guerre... Il ne ferait de moi qu'une bouchée. Nous avons eu autrefois, nous avons encore dans les forêts du centre de l'Afrique les hommes des bois. Après la guerre, nous aurons la race non moins redoutable des hommes de tranchées. Me battre ?... Brr !...

Cécile se fit aimable :

— Mon pauvre Raguenal !... Mon gros serin !... Je veux te rendre un service en échange de tous les soupers que tu m'as déjà offerts. Tu ne te battras pas puisque tu crains les coups d'épée, et je te débarrasserai du jeune rival. Je ne te demande que quelques jours.

— Si tu fais ça, reconnaissance éternelle, dit Raguenal. Dieu ! que raconter ses malheurs donne soif. Hé ! garçon, reste-t-il du champagne ? Les Boches n'ont pas tout bu, je suppose ?

— Voilà, monsieur, voilà !...

Les coupes se tendirent de nouveau. Le salon s'emplissait de fêtards.

Raguenal, Cécile et de Vendœuvres poursuivirent leur conversation en baissant la voix pour n'être point entendus.

Ils riaient parfois et clignaient de l'œil.

Ils ne se séparèrent que tard, et fort satisfaits, apparemment les uns des autres.

— Quelle gourde! dit Cécile à de Vendœuvres en désignant Raguenal au moment où celui-ci sortait de l'établissement. Il nous fallait un comparse; nous l'avons trouvé ce soir.

— Allons tendre nos filets, murmura de Vendœuvres.

CHAPITRE VI

LE PIÈGE

Gaston, pour la troisième fois, consulta l'élégante pendule du salon.

— Mais que fait donc Juliette? soupira-t-il. Elle m'a promis de venir et je ne la crois pas femme à manquer l'heure du rendez-vous. Lui serait-il arrivé quelque accident en chemin? L'homme au chapeau rabattu sur les yeux l'aurait-il encore inquiétée?... Bah! elle dit ne point le connaître... Ce ne pouvait être qu'un de ces vieux beaux qui cherchent jusque dans la rue des aventures... Renoncerait-elle à se rendre ici? Reprendrait-elle sa parole?...

Le jeune homme pâlissait à cette idée. Autant il était fier d'avoir versé son sang pour la patrie, autant il redoutait, par moments, que l'infirmité dont il était redevable aux ennemis de la France n'impressionnât défavorablement Juliette.

— Si elle s'était trop hâtée de me dire qu'elle m'aimait, murmurait Gaston. Si elle avait pris pour de l'amour un mélange de sympathie et de pitié!...

Son cœur se serrait douloureusement. Les aiguilles de la pendule tournaient avec cette lente régularité qui semble dire aux gens inquiets: « Le temps est indifférent à vos alarmes. »

Le jeune homme, n'y tenant plus, allait passer dans une pièce voisine et rédiger une carte pneumatique lorsque les roues d'un coupé de louage crissèrent sur le sable de la grande allée du jardin.

— La voici! s'écria Gaston en se précipitant vers le vestibule.

Juliette descendait de voiture comme le jeune homme arrivait sur le perron.

— Enfin! sourit-il, je commençais à me dire...

— Ah! mon ami, fit-elle, ce n'est pas de ma faute. Si tu savais!...

Il lui prit la main, la conduisit dans le salon coquet.

— Qu'est-ce? s'informa-t-il. Rien de grave?...

Les grands yeux noirs de Juliette ne reflétaient nulle tristesse. Il respira.

— L'on vient de me demander en mariage, dit-elle.

— En mariage!

— Oui. Un gros, chauve, cinquante-cinq ans... C'est à pouffer. Il s'appelle Raguenal... Connais-tu?

Gaston s'esclaffa:

— Raguenal?... Un vieux, ventre énorme...

— Ah! tu le connais?

— Il roulait de boîte en boîte à Montmartre avant la guerre. Et il a fait sa demande?...

— En des termes aussi enflammés que ridicules.

— Tu l'as éconduit?

— Avec tous les honneurs qui lui étaient dus. Il insistait, le malheureux. J'avais beau lui dire: Vous perdez votre temps et vous me faites perdre le mien, je suis pressée, il ne voulait rien entendre. J'ai dû me fâcher, le mettre à la porte. Maman sera furieuse.

— Madame ta mère voulait donc...

— De Raguenal pour gendre. C'est du dernier bouffon. Nous avons eu, maman et moi, quelques scènes pénibles.

— Qui ne se renouvelleront plus, j'espère...

— Je l'espère aussi. Je suis d'ailleurs décidée à briser les vitres s'il le faut. Je n'aurai pour mari que quelqu'un que je connais, qui n'est pas loin, et qui, pour me remercier d'avoir répondu malgré tout à invitation, m'a à peine saluée...

La jeune femme enveloppait Gaston d'un regard de tendresse infinie. Il l'attira à lui:

— Ma Juliette!... J'étais inquiet!... oublions Raguenal et Mme Lovel... oublions les vieilles gens revêches et ne songeons qu'à nous-mêmes. Le bonheur est en nous. Tu es là, sur mon cœur, ce cœur qui t'appartient tout, qui ne bat que pour toi. Je suis heureux... Je t'aime...

Ils s'étreignirent longuement, plus longuement que la première fois. Il leur semblait que c'était là leur premier aveu. Ainsi l'amour opère le miracle d'un perpétuel renouvellement. Leurs souffles se confondaient, leurs lèvres pressaient leurs lèvres. Rien n'existait pour eux en dehors d'eux-mêmes. La jeunesse triomphait à chacun de leurs baisers...

— C'est joli, chez toi, fit Juliette alanguie en jetant un regard autour d'elle.

— Joli, peut-être, mais triste quand tu n'y es pas, dit Gaston. Tu viendras bientôt peupler la maison de ton rire, mon adorée. Tu voudras? Nous mettrons des fleurs partout, nous ferons de notre nid un éden et nous ignorerons les mesquineries, les misères du monde où les intérêts heurtent les intérêts...

Il l'entraînait dans le fumoir, passait dans le cabinet de travail...

— C'est là que je vivais mes meilleures heures avant de te connaître, dit-il. Les livres sont mes grands amis. Ils m'ont instruit, bercé, consolé. Par eux mes premières douleurs se sont trouvées adoucies quand la maladie cruelle m'a ravi, à quinze jours d'intervalle, des parents qui m'étaient chers. Mon père avait un nom dans le monde scientifique. J'ai recueilli pieusement ses travaux et je poursuivrai ses recherches quelque jour... plus tard... Car, en dépit de ma fortune, je ne saurais me résoudre à l'oisiveté complète. Le travail pour le travail est bon et sain. Mais je ne veux présentement me consacrer qu'à l'amour...

— Ici? demanda Juliette en montrant une lourde tenture.

— Ma chambre, dit Gaston en soulevant la portière. Elle me paraît immense et froide bien qu'elle soit toute petite...

La jeune femme entra, tira de son corsage une photographie qu'elle plaça sur la cheminée.

— Là!... tu seras moins seul, fit-elle.

Gaston, ému d'une telle attention, remercia d'un regard éloquent de passion.

Juliette voulut voir le jardin et le parc. Sous les

frais ombrages les amoureux errèrent longuement. Par delà la grille tapissée de lierre les bruits de la ville montaient, confus et ouatés. Les heures fuyaient, rapides. Elles se ponctuaient de cette phrase qui sonne et sonnera comme une musique harmonieuse aussi longtemps qu'il y aura sur terre des êtres jeunes faits pour se comprendre et pour s'unir: « Je t'aime... Je suis à toi... »

La nuit surprit les fiancés sous la charmille de chèvrefeuille embaumé de senteurs aux mille griseries. Juliette se serra une dernière fois contre l'aimé:

— Je rentre, dit-elle. Nous nous reverrons tous les jours, tous les jours.

— Jusqu'à ce que nous ne nous quittions plus jamais, fit Gaston d'une voix tremblée.

Il la raccompagna jusqu'à la voiture et ne se retourna vers la maison que lorsque le coupé eut disparu au bout du parc.

Il se trouva alors nez à nez avec Maximin, le chauffeur.

— Sauf vot' respect, m'sieur le comte, dit Maximin en tournant sa casquette entre ses doigts noircis par l'huile et le cambouis, faut que j'vous dise deux mots rapport à c'que j'viens de recevoir.

— Qu'as-tu reçu? demanda de la Caillaudière.

— Faut que j'vous quitte, sauf vot' respect.

— Me quitter?... Pourquoi?...

— J'pars... J'vais au dépôt... On m'convoque, v'comprenez? J'suis d'la réserve d'la territoriale, mais on m'convoque tout d'même.

Gaston tira son portefeuille et prit un billet.

— Prends cela, Maximin, dit-il. Je regrette beaucoup d'avoir à me séparer de toi... mais puisque la France l'exige...

Le chauffeur prit le billet, remercia chaleureusement son maître et serra fort la main que celui-ci lui tendait.

— Bien le bonsoir, monsieur le comte. Pour sûr que je regrette aussi; mais après la guerre, si j'ai encore la tête sur les épaules, on pourrait voir à voir à se revoir...

— Je te le promets.

Maximin s'éloigna. Gaston, plus contrarié de l'in-

cident qu'il ne voulait le laisser paraître, et il ressemblait beaucoup à Maximin, téléphona à l'administra-
tion de divers journaux pour qu'on insérât sans
tarder une annonce ainsi conçue:

*Chauffeur d'auto non mobilisable demandé. De
la Caillaudière, 212, avenue Henri-Martin.*

Gaston soupa seul et s'en fut dans la chambre où
flottait encore le parfum qui lui troublait les sens
et lui chavirait le cœur.
Avant de s'endormir il contempla longuement le
portrait de celle à qui il avait donné le meilleur de
lui-même.
Il s'endormit tard, d'un sommeil peuplé de rêves
bienheureux.
Le lendemain, il se préparait à sortir — il se promenait au bois à cheval chaque matin — lorsque Fran-
çois vint annoncer:
— Un homme qui demande à voir monsieur...
— Faites entrer, dit Gaston.
Un personnage glabre, vieux, tondu ras, yeux
chassieux, pommettes rouges, fit quelques pas en
avant.
— Je suis chauffeur, déclara-t-il. J'ai lu l'annonce
que monsieur le comte a bien voulu faire paraître
dans le *Figaro* et je viens me mettre à la disposition
de monsieur le comte.
Gaston dévisagea le nouveau venu, et lui trouva
l'air faux.
— Vous vous appelez? demanda-t-il.
— De Vendœuvres (car c'était lui) répondit avec un
bel aplomb:
— Jules.
— Vous n'êtes pas mobilisable?
— J'ai soixante-cinq ans et trois mois.
— Vous avez déjà servi?
— Oui, monsieur le comte.
— Où cela?
— Chez Mme la baronne de Sainte-Hélène.
— Pourquoi l'avez-vous quittée?
— Mme la baronne est morte.
— Vous n'avez pas de références écrites?

— J'en ai, monsieur le comte, j'en ai...

De Vendœuvres se fouillait, atteignait des papiers truqués qu'il avait fabriqués de concert avec Cécile et Raguenal, les tendait au jeune homme.

Celui-ci les lut à peine. Ce chauffeur lui déplaisait et il avait bien envie de ne pas le retenir. Mais il songea que Juliette voudrait peut-être sortir dans l'après-midi et que d'ici là les postulants pourraient lui faire défaut.

— C'est bien, dit-il, je vous retiens. Que la voiture soit prête pour une heure.

De Vendœuvres s'inclina. Gaston sortit.

— Il est chic, le patron, demanda le faux Jules à Denis après que le jeune homme eut disparu.

— Epatant, répondit Denis; franc comme l'or; jamais un reproche et toujours satisfait. Tu l'aimeras vite comme nous l'aimons tous ici. Maximin le gobait beaucoup...

— Qui ça, Maximin?

— Ton prédécesseur. Allons, viens que je te fasse faire le tour de l'hôtel. Il faut que tu saches où se trouvent les appartements...

De Vendœuvres ne demandait pas mieux que de se laisser piloter dans la maison.

Il suivit Denis de pièce en pièce.

Celui-ci indiquait au passage, s'arrêtait, donnait des détails. Comme ils arrivaient au fumoir, un timbre électrique grelotta dans l'antichambre.

— C'est le facteur! s'écria Denis. Faut que j'y aille. Monsieur tient à ce que je mette la correspondance sur le bureau. Attends-moi...

Denis se hâta vers une porte et disparut.

Resté seul, de Vendœuvres se mit à fureter de droite et de gauche.

— Voici le cabinet de travail, fit-il. C'est ce que je cherchais...

D'un regard rapide le triste vieillard inventoriait le mobilier. Il avisa sur le classeur, un tas de paperasses qu'on semblait ne pas déplacer souvent.

De Vendœuvres s'approcha, retira de sa poche plusieurs feuilles de papier pliées ensemble, les mit sous le tas.

Puis il se retira sur la pointe des pieds.

Denis arrivait à cet instant.

— Ce n'était qu'une réclame d'un grand magasin, fit-il. Le facteur passe un peu plus tard... Alors, puisque le patron t'agrée, tu vas transporter ici ta malle, ton linge, tes effets.

— Je vais les chercher, dit le faux Jules. Ne m'attends pas pour déjeuner.

De Vendœuvres gagna la rue et, de là, la maison de Cécile Bella.

— Eh bien? questionna la chanteuse.

— Réussite, réussite complète! Le petit jeune homme n'a rien vu, rien soupçonné. Je suis chauffeur.

— Les petits papiers?...

— Casés... Dans le cabinet de travail, sur le classeur, sous des paperasses. Embrasse-moi, mon ange... Daigne offrir tes lèvres de déesse à mes lèvres affamées de bonheur...

— Bas les pattes, Azor! As-tu des billets de banque?

— J'en aurai! fit sourdement le vieillard.

— En attendant, tiens-toi à distance respectueuse. Ouvre tes oreilles de vieux fou et écoute...

— Je suis à vos ordres très humblement, mon étoile dorée.

— Il faut que tu aies un spécimen de l'écriture du Gaston, et quelques feuilles de son papier à lettres.

— Facile à chiper. Me donneras-tu un baiser pour la peine?

— Des coups de pied quelque part si tu m'importunes.

De Vendœuvres courba le dos et s'en alla. Le soir il revint avec le butin demandé.

— Je me suis procuré les machines sans peine, avoua-t-il cyniquement. Juliette et lui roucoulaient dans le jardin et Denis, le vieux valet de chambre, ronflait à l'office. Que te faut-il de plus, ma reine?

— La paix! fit Cécile. Myrto se chargera du reste.

La chanteuse et sa digne compagne s'isolèrent et se livrèrent patiemment à la tâche qu'elles s'étaient dévolue.

A la même heure, Juliette, à cent lieues de songer qu'un complot se tramait contre son bonheur, revivait délicieusement les heures enchanteresses qui n'é-

taient, dans sa pensée, que le prélude à l'union défi-
nitive des âmes et des cœurs.

Le surlendemain, comme elle s'apprêtait à sortir,
et alors qu'elle procédait aux derniers détails de sa
toilette, quelqu'un sonna...

Juliette, en dépit de la fortune qui lui était nouvel-
lement échue, n'avait pas encore arrêté de femme
de chambre. Elle alla ouvrir elle-même.

Une personne qu'elle distinguait mal dans l'ombre
du vestibule, salua, puis, d'une voix douce:

— Mme de Vendœuvres? s'informa-t-elle.

— C'est moi, madame répondit Juliette étonnée.
Veuillez entrer.

Myrto, vêtu en grande dame, fit quelques pas en
avant et pénétra dans le salon. Elle portait une voi-
lette épaisse. Précaution bien superflue, car Juliette
n'avait jamais pris garde au visage de Myrto.

— Je suis venue, déclara celle-ci, pour une affaire
qui nous intéresse également l'une et l'autre.

Juliette s'inclina.

— Vous connaissez M. de la Caillaudière? poursuivit Myrto.

La jeune femme tressaillit.

— Vous allez, paraît-il, devenir son épouse respec-
tée...

— Qui vous a dit... fit Juliette.

— Mon Dieu, madame, ce n'est pas un secret, articula Myrto. Vous avez fait part de la nouvelle à M.
Raguenal qui me l'a répétée...

— Quoi! M. Raguenal qui, cette semaine encore...

— Demandait votre main? oui, madame, fit Myrto
en riant. Ce pauvre M. Raguenal était bien marri de
votre refus. Il a insisté, à ce qu'il nous a raconté.
Mais il est maintenant convaincu que votre cœur est
pris. Aussi ne se hasarde-t-il plus à vous importuner
de ses demandes.

— Il fera bien, dit Juliette. Mais, madame, je ne
vois pas encore ce qui me vaut l'honneur de votre
visite.

— Vous aimez M. de la Caillaudière? demanda
Myrto.

— Je ne comprends pas le mariage librement consenti sans amour.

— Et M. de la Caillaudière vous a dit qu'il vous aimait?

— Belle question!

— Il a dû multiplier les serments, vous offrir son cœur et son coffre-fort...

— Madame! s'écria Juliette choquée par tant de liberté de langage.

— Oh! fit Myrto, ne sursautez point, je vous prie. Appelons les choses par leur nom et mettons les points sur les i. Il faut que Gaston soit un fieffé menteur...

Juliette enveloppa son interlocutrice d'un regard où il y avait de l'effarement et du dédain.

— Je dis un fieffé menteur, appuya Myrto. Car il ne peut aimer également deux femmes à la fois.

— Deux femmes!

— Ou, s'il les aime, il ne peut leur promettre à toutes les deux le mariage.

— Le mariage!... Ah! ça, madame, que me contez-vous là?

— La vérité, dit Myrto. C'est une fiancée de Gaston de la Caillaudière qui vous rend visite. Vous pensez si j'ai bondi quand Raguenal est venu m'apprendre mon malheur. Je n'y pouvais croire. J'ai voulu avoir confirmation de la traîtrise du monsieur par votre bouche. Car enfin, Raguenal est un vaniteux, un personnage ridicule qui aurait bien pu inventer la fable de vos fiançailles pour faire excuser son échec à lui. Hélas! Raguenal avait dit vrai. Gaston est un infâme!

Juliette était devenue horriblement pâle. Elle écoutait Myrto et la regardait, soupçonneuse. Elle ne pouvait croire, elle non plus, à tant d'hypocrisie de la part de celui qu'elle aimait de tout son être. Elle se raidit, et, d'une voix qui voulait paraître assurée:

— Si ce que vous dites est vrai, madame, commença-t-elle, je...

— Vrai? fit Myrto en éclatant d'un rire saccadé. Vrai?... vous faut-il des preuves? faut-il que je vous décrive par le menu l'hôtel de l'avenue Henri-Martin, le parc, les charmilles de chèvrefeuille, le salon mauve, le fumoir, la chambre à coucher... Le triste sire invite ses fiancées et leur débite ses mensonges chez lui, dans son fief qu'il trouve trop grand, trop froid... Je connais la chanson, allez! Je l'ai assez souvent entendu... Mais il ne m'avait pas parlé de vous...

Juliette porta la main à son cœur.

— Je rêve! fit-elle. Vous me déconcertez, madame... Vous me déconcerteriez, plutôt, si vous apportiez d'autres documents... plus palpables...

— Tenez-vous pour documents palpables tous les baisers que nous avons échangés, madame? distilla Myrto. Puis-je les solidifier pour vous convaincre? Nos paroles d'amour, nos étreintes sans fin ne vivent que dans mon souvenir. Mettez que tout cela ne compte pas...

— Vos baisers... vos étreintes... balbutiait Juliette.

— Sans doute, fit l'apprentie chanteuse. Me soutiendriez-vous, vous, qu'il ne vous a jamais parlé que comme parlent entre eux les gens qui n'ont que des banalités à se dire? Avouez, madame, que vous vous êtes aussi blottie sur sa poitrine, et que son souffle a caressé vos cheveux. Je vous perce le cœur, je le vois bien. Mais ma souffrance égale la vôtre, ma désillusion est aussi douloureuse que la vôtre. Il a dû vous écrire... Ne vous en défendez pas, madame. Il m'écrivait bien...

— Il vous écrivait!... Vous avez de ses lettres?

— Si j'en ai!... Des monceaux! Je vous ferai voir ça quand vous voudrez... J'en reçois chaque jour une, et des plus enflammées. Tenez, voici celle de ce matin, et celle d'hier... J'ignorais encore mon malheur quand je les ai lues...

Myrto tirait de son sac à main les lettres qu'elle avait préparées avec Cœur-de-Marbre. Elle les tendit à Juliette.

Celle-ci n'eut pas plutôt aperçu le filigramme du papier qu'elle sentit sa pâleur redoubler.

L'écriture de Gaston était parfaitement imitée.

Les mots d'amour dansaient devant les yeux de la jeune femme.

— Et notez que je répondais par des lettres aussi enflammées, dit Myrto. Il prétendait, le triste petit monsieur, que mes missives le plongeaient dans l'extase. Il m'a souvent montré l'endroit où il les conservait. C'était dans le cabinet de travail, sur le clas-

seur, sous un tas de gros livres et de vieux papiers.
J'avais réussi à lui en faire brûler quelques-unes,
mais il doit en rester...

— Que je souffre!... dit Juliette d'une voix déchirée.

— Nous souffrons ensemble, fit Myrto. Gaston vous
a trompée, ou m'a trompée, à moins qu'il ne nous ait
trompées toutes les deux. En tout cas, la situation ne
peut s'éterniser. Je sors de chez lui...

— Ah! vous y êtes allée...

— Je lui ai parlé de vous. Il a nié jusqu'au bout.
Il ne vous connaît pas. Il ignore votre existence. Il
s'est moqué de moi une fois de plus... Vous ferez ce
que vous voudrez, madame, et ma démarche n'est pas
guidée par la jalousie. Mais vous êtes maintenant
prévenue... Vous savez à qui vous avez affaire...

Juliette tournait et retournait entre ses doigts la
lettre en tête de laquelle flamboyaient ces mots:

Ma petite Marguerite adorée,

— Je veux aller là-bas aussi, fit-elle d'un accent farouche. Je lui dirai ce que je pense de sa conduite.

— Comme moi, dit Myrto. Mais il m'a ri au nez. Il
a un toupet d'enfer. Il se moquera de vous après vous
avoir dupée... A moins que vous ne vous raccommo-
diez sur mon dos. En amour, tout est possible. Il
m'avait juré que j'étais sa seule chérie. Il se peut
qu'il en fasse autant pour vous et que ses serments
vous fléchissent. Moi, je n'ai rien voulu entendre. Je
savais ce que je savais... Redonnez-moi ma lettre,
madame, je vous prie. Et s'il veut vous convaincre que
vous avez rêvé...

— Je l'en défie bien! gémit la pauvre Juliette. Je...
je vous remercie, madame... je vous suis reconnais-
sante de m'avoir ouvert les yeux...

— Du tout, madame, du tout, articula Myrto avec
une fausse modestie parfaitement jouée. Je compatis
à vos malheurs comme vous pouvez compatir aux
miens. Nous n'avons rien à nous envier l'une à l'autre
et l'égalité de notre déception nous rapproche au lieu
de nous séparer. Au revoir, madame. S'il vous faut
des précisions complémentaires, je puis vous les
fournir...

Myrto se retirait à reculons. Juliette raccompagna l'astucieuse créature jusqu'au vestibule.

— Adieu mon bonheur! Adieu mes rêves! fit Juliette quand elle se retrouva seule. Gaston! lui!... lui!... Je deviens folle! Ma raison m'abandonne!... Ne suis-je pas le jouet d'un cauchemar? Cette femme. N'est-ce pas un mauvais rêve? Suis-je ici?... Oh! me tromper!... Non, ce n'est pas possible! Ses lèvres ne pouvaient mentir! Ses serments d'amour respiraient la sincérité... Il m'a dit qu'il m'aimait dans le feu de la passion... Ah! çà, que vais-je m'imaginer? Gaston un menteur?... Non!... J'ai rêvé... Personne n'est venu... Je vais le voir... Je suis en retard... Cette femme m'a retardée... *Ma petite Marguerite adorée!*... Oh! savoir! savoir!... J'ai besoin de lumière! Le doute est plus atroce que la certitude... Je saurai... S'il ne m'aime pas, s'il m'a trompée... Eh bien...

La jeune femme s'arrêta, effrayée de ce qu'elle allait dire.

Elle sortit, prit une voiture, se fit conduire avenue Henri-Martin.

Gaston l'attendait, souriant:

— Encore en retard! gronda-t-il doucement. T'a-t-on encore demandée en mariage aujourd'hui?...

« Qu'as-tu? ajouta-t-il presque aussitôt en s'apercevant de la pâleur de la jeune femme. Une indisposition?... Tu souffres, amie! Et moi qui te plaisantes!... Qu'as-tu? Pourquoi ne m'embrasses-tu pas?

— Je souffre, oui, dit Juliette.

— Cela se voit assez, fit le jeune homme. Désires-tu quelque chose? Faut-il que je sonne Denis?

Déjà Gaston allongeait le bras vers un timbre. Elle l'arrêta.

— Non, inutile.

— Quelle voix!... De quel ton tu me dis cela!... Regarde-moi, Juliette, ma Juliette aimée...

Ils étaient seuls dans le salon. Elle se croisa les bras.

— Ta Juliette aimée? fit-elle.

Lui, ahuri, demeurait interloqué.

— Ta Juliette aimée! reprit la jeune femme. A qui écrivais-tu hier matin?

— Hier matin?

— Oui.

— Il y eut un silence. Elle le regardait bien en face; et lui se creusait la mémoire.

— Hier matin... Voyons... Ah! oui... j'y suis, hier matin j'ai écrit à un fabricant de meubles...

— En prévision de ton prochain mariage?

— Justement, sourit-il.

— Avec Marguerite?

— Hein?

— Ah! Tu sursautes?

— Quelle Marguerite?...

— Ta petite Marguerite adorée...

— Qu'est-ce que c'est que...

— Celle qui t'a rendu visite tout à l'heure.

Gaston regarda Juliette avec des yeux ronds.

— Quelle plaisanterie est-ce là? demanda-t-il.

— Ce n'est pas une plaisanterie, fit amèrement la jeune femme, et tu ne le sais que trop...

— Mais...

— Seulement, ce n'est pas bien de se jouer d'une malheureuse comme moi; non, pas bien...

Gaston se rapprocha:

— Voyons, Juliette, articula-t-il d'une voix douce. Je te...

— Arrière! fit-elle. Tes protestations d'amour ne sont que des mensonges. J'aurais pu, sachant tout, me draper dans ma dignité et ne te faire même pas l'honneur d'une explication. C'est s'abaisser, dans une certaine mesure, que de venir te crier ton ignominie à la face, je le sais. Mais je souffre trop. Cela me soulagera de te dire dans les yeux que tu es un menteur!

Gaston se redressa.

— Ah! pardon! dit-il. Je croyais que tu plaisantais, mais je vois que c'est bien sérieux. Tu as des griefs contre moi?... Quand t'ai-je menti?

— Toujours.

— Je proteste de toutes mes forces. C'est toi, Juliette, qui ne m'aimes plus. Ah! ce que je redoutais arrive!...

— Ah! Ah! Ah! ricana Juliette. Cela ne pouvait durer en effet, et tu étais naïf de songer...

— Que tu voudrais de moi pour mari. Certes, j'étais naïf. Mais, si tu te proposais de me briser le cœur, il fallait t'y prendre autrement et ne pas me chercher une mauvaise querelle. Tu pouvais me dire simplement: je ne t'aime plus, va-t'en. Je serais parti la mort dans l'âme. J'aurais essayé, sans y parvenir, je le sens, d'endormir ma douleur, et j'aurais éternellement pleuré celle pour laquelle j'étais prêt à donner ma vie. Il ne fallait pas manquer de franchise, inventer je ne sais quelle histoire...

— Manquer de franchise! s'exclama la jeune femme outrée. Tu oses parler de franchise, toi!... toi!

— Oui, moi.

— Tu ne connais pas Marguerite, n'est-ce pas?

— Non.

— Tu ne sais même pas de qui je veux parler?

— Non.

— Tu n'as reçu personne aujourd'hui?

— Personne.

— Il n'y a pas eu de scène orageuse entre Marguerite et toi?

— Pas la moindre scène. On ne se dispute pas avec le néant.

— Tu n'écrivais pas à cette même Marguerite des lettres enflammées?

— Nulle femme ne peut se vanter de détenir un billet signé de ma main en dehors de toi.

— Et tu ne recevais pas de lettres d'amour?

— Pas la moindre.

— Tu serais prêt, sans doute, à le jurer?

— Je le jure sans la moindre hésitation. Je le jure sur les cendres de mes parents vénérés.

Juliette toisa le jeune homme d'un air de mépris.

— Et moi je vais te prouver que tu es abominable parjure, dit-elle. Il y a, dans cette maison, les preuves de ce que j'avance... à moins que, ces preuves, tu ne les aies détruites.

— Dût mon serment être traité comme le précédent, fit Gaston d'une voix tremblante d'émotion, je te jure que je n'ai songé à rien faire disparaître. Tu peux fouiller, mettre tout sens dessus dessous ici... tu me parles hébreu...

— Ah! je te parle hébreu!... Suis-moi.

Juliette se dirigeait vers le cabinet de travail. Elle

ouvrit la porte, pénétra en coup de vent dans la pièce, alla droit au classeur, déplaça des livres et des paperasses...

— Et ceci, clama-t-elle avec un accent de triomphe douloureux.

Elle brandissait un paquet de lettres. Gaston, interloqué, dardait sur les papiers un regard de folie.

— Nieras-tu encore? fit Juliette. Faut-il te les lire?

Elle prit une missive, et, à haute voix:

Mon petit Gaston bien aimé, notre dernière entrevue m'a laissée alanguie. Les mots d'amour résonnent encore à mes oreilles ainsi qu'une musique charmante. Oui, devenir ta femme, ta chose, ne plus te quitter. J'étais tellement émue, ce soir, que je n'ai su trouver la réponse qui convenait à ta proposition bénie. Le bonheur écrase autant que l'adversité. Je suis heureuse, Gaston, heureuse au delà de toute expression, et j'accepte ton nom. Je ne veux vivre que par toi...

Juliette ne put aller plus loin et éclata en sanglots. Gaston tenta encore de lui faire entendre raison.

— Je tombe des nues, dit-il. Je te jure sur tout ce que j'ai de plus sacré que ces lettres ne m'ont pas été adressées et que je ne sais comment elles se trouvent ici. J'ignore tout. Je suis victime d'une coïncidence étrange et fatale... Juliette, je t'en prie... Ma Juliette...

La jeune femme recula d'un pas.

— Il nie encore! gémit-elle. Je le prends sur le fait et il nie! Je lui donne des précisions qui accableraient le plus effronté et il se raidit contre l'évidence!

— Ah! si vous aviez avoué! Si vous m'aviez dit: « Oui, je suis fautif! J'ai joué jeu double, et j'ai à choisir entre deux femmes. Je me repens, pardonnez-moi... » Je crois, oui, je crois, ma parole, que j'aurais été assez faible pour passer l'éponge et pour ouvrir mes bras...

— Mais je ne puis m'accuser de fautes imaginaires! protesta Gaston. Au point où en sont les choses, mon intérêt, ma réputation d'honnête homme me commanderaient de ne rien laisser dans l'ombre, en effet.

« Au nom de la vérité que j'aime autant que toi, Juliette...

Elle l'interrompit:

— Ne me tutoyez plus! Ce serait m'injurier.

— Au nom de la vérité je te jure...

— Je vous ordonne de ne plus me tutoyer!

— Je vous jure que vous êtes victime des apparences. Je n'aime que vous, je suis digne de votre amour, ou, si vous ne m'aimez plus, de votre estime...

A ce moment Denis fit une apparition discrète.

— Monsieur! dit le brave domestique... une carte pneumatique pour monsieur...

— Donne, fit machinalement Gaston.

Denis s'avança, tendit le plateau d'argent.

Le jeune homme prit le pli, le décacheta. Ses prunelles se dilatèrent.

Juliette, qui regardait dans la glace, reconnut l'écriture. Elle bondit littéralement, arracha le billet des mains de Gaston.

— Et maintenant, nierez-vous? fit-elle. Vous avez lu. Puis-je lire à mon tour? Est-ce assez explicite?

D'une voix sourde elle lut, sans s'arrêter:

Monsieur, malgré vos dénégations véhémentes, je suis à même de vous prouver que vous n'êtes qu'un homme de peu de foi. Vous aviez bel et bien promis le mariage à une autre. Je suis à la fois furieuse, humiliée et malheureuse. En dépit de ma douleur, je me sens prête à tout oublier à la condition que vous reconnaîtrez vos torts. Ecrivez-moi une confession complète. Jurez-moi de ne plus voir qui vous savez, et donnez-moi des gages sérieux de votre sincérité. Je redeviendrai alors ce que j'étais pour vous avant ce jour. — Marguerite.

Gaston, hors de lui, frappa du pied.

— C'est bien imaginé, bien mené, bien conduit, dit-il à Juliette qui le foudroyait du regard. Seulement je me refuse à être dupe de vos procédés. Je ne vous retiens plus...

— Cela, c'est un comble! suffoqua Juliette outrée.

Je ferai figure d'accusée, maintenant?... Allez, monsieur de la Caillandière, je vois que Marguerite occupe dans votre cœur la première place. Epousez-la, soyez heureux... Moi, je... je...

La malheureuse ne pouvait achever. Les sanglots l'oppressaient; de grosses larmes roulaient sur ses joues. Elle se fit violence pour ne pas chanceler.

— Je m'en vais, articula-t-elle avec peine. Vous ne me verrez plus, jamais...

Elle partit sans détourner la tête.

Gaston, immobile et plus blanc qu'un linge, la laissa s'éloigner. Il se sentait impuissant à convaincre la seule femme qu'il eût jamais aimée. Il ne pouvait que lui dire: « Non, je ne suis pas coupable » et il savait que, loin de convaincre celle qui le fuyait, il ne ferait qu'augmenter sa colère, aggraver le malentendu, creuser le fossé qui les séparait déjà...

Les pas de Juliette s'éloignaient, allaient s'affaiblissant... Ils se turent bientôt tout à fait. Il y eut, dans le parc, un roulement sourd, un bruit de grille refermée, puis le silence...

Gaston se laissa tomber sur un fauteuil et pleura comme un enfant.

CHAPITRE VII

LES MAILLES DU FILET SE RESSERRENT

En rentrant chez elle, Juliette trouva Mme Lovel.

— Raguenal m'a tout appris, fit cette dernière. Tu as été te mettre en travers de ma volonté...

— Je vous en prie, maman, dit la jeune femme, ne me faites pas de scène. J'ai déjà la tête grosse comme cela. Nous parlerons demain de tout ce que vous voudrez...

— Pas demain. Tout de suite! articula Mme Lovel.

Il paraît que le prince charmant a pris corps et qu'il s'appelle Gaston de la Caillaudière?

Juliette secoua négativement la tête.

— Comment, non, fit Mme Lovel. Ne biaise pas avec moi! Tu n'aurais pas prononcé le nom de ce jeune homme devant Raguenal si tu n'avais des intentions...

— Je n'épouserai pas Gaston de la Caillaudière, articula Juliette d'une voix sourde.

Mme Lovel tressaillit:

— Alors?... Tu as menti à Raguenal?

— Je ne lui ai pas menti.

— Tu deviens folle?

— Je crois que oui. Tenez, maman, j'ai besoin de repos...

— Tu te reposeras quand je serai partie. Il se passe ici des choses... Tu dis tantôt blanc, tantôt noir... Tu ruses devant moi et tu comptes lasser ma patience. Je te préviens que je ne veux à aucun prix de Gaston de la Caillaudière pour gendre.

— Mais puisque je n'en veux plus pour mari! fit Juliette. Nous sommes d'accord, ma mère.

— Tu n'en veux plus, dis-tu?

— Non.

Mme Lovel respira bruyamment.

— Brouillés? demanda-t-elle en clignant de l'œil.

— Je ne saurais épouser un homme qu'il m'est impossible d'estimer.

Mme Lovel tendit le cou.

— Le fait est, dit-elle, qu'avec son bras mécanique...

— Ce n'était pas là un obstacle, fit vivement Juliette.

— Il y a plus grave encore?

La jeune femme baissa la tête.

— J'avais eu la naïveté de croire à ses serments, articula-t-elle d'une voix basse et comme honteuse. Mon châtiment sera de tout vous avouer. Il me mentait... En sortant de chez moi, il allait promettre le mariage à une autre...

— Ma pauvre enfant! dit Mme Lovel d'un ton mi-triomphant mi-apitoyé. Je me félicite que l'expérience tentée en dehors de moi t'ait été salutaire. Les jeunes gens, vois-tu, Juliette, sont de beaux parleurs à qui les protestations d'amour ne coûtent rien. Comprends-tu maintenant que je n'étais pas si déraisonnable en te proposant Raguenal...

— Ah! ne me parlez pas de Raguenal, coupa Juliette. veuve je suis, veuve je resterai. Ma vie s'achèvera dans la solitude... J'ai besoin d'être seule. Je hais le monde, je hais Paris... Je voudrais m'en éloigner...

— Rien n'est plus facile, ma fille. Tu es riche; tu peux acquérir quelque part une maison où nul ne viendra t'importuner. J'en sais une, justement, que le propriétaire ne serait pas fâcher de vendre. Si tu veux...

— Je vous donne pleins pouvoirs, ma mère, dit Juliette. J'ai hâte de fuir cet hôtel qui ne semble vouloir abriter que du malheur.

— L'affaire sera vite traitée, affirma Mme Lovel. Tu peux préparer tes malles.

Juliette soupira et raccompagna Mme Lovel jusqu'au vestibule. Cette dernière prétendait se rendre auprès du propriétaire. En réalité, elle courut chez Raguenal.

— Vos actions remontent, mon cher, déclara-t-elle après avoir serré la main du gros homme. Je ne sais ce qu'il y a entre Juliette et le jeune tourtereau, mais elle ne peut plus le souffrir. Elle est montée contre lui à un point inimaginable.

Raguenal eut un sourire qui lui fendit le visage jusqu'aux oreilles.

— Oh! ne vous hâtez pas de chanter victoire, fit Mme Lovel. Vous n'êtes pour rien dans ce qui arrive.

— Permettez, dit Raguenal en se rengorgeant. La brouille de Mme votre fille et de Gaston de la Caillaudière est mon œuvre... J'ai mis entre eux l'obstacle nécessaire à la rupture...

— Vous avez quoi? fit Mme Lovel étonnée.

— J'ai créé la rivale de toutes pièces, affirma l'homme au crâne luisant.

— Vous êtes diablement fort, mon cher, sourit Mme Lovel avec admiration.

— Eh! Eh! fit Raguenal en se rengorgeant un peu plus. Je veux devenir votre gendre, moi, madame. Je crois qu'à présent les difficultés sont bien aplanies...

— Pas si vite! dit Mme Lovel. Juliette est sous le coup de l'irritation. Il faut en profiter avant qu'elle ne se soit ressaisie... La durée de votre succès est à la merci d'un hasard. Supposez que Gaston ne renonce pas à la main de Juliette, qu'il essaye de se disculper et qu'il y parvienne...

— Aïe! fit Raguenal.

— Ne prenez pas cette mine d'enterrement, mon cher. Ce n'est qu'une suppositon. Il faut songer à tout. Juliette doit quitter Paris.

— Elle doit!... Elle doit!... Mais voudra-t-elle?

— Elle y est disposée. Profitons-en. Vous avez, je crois, une maison de campagne du côté de Tours...

— De Loches, madame, de Loches... Quelque chose de perdu dans les bois.

— C'est ce qu'il nous faut. Juliette et moi nous allons nous y installer. Vous me signerez un papier quelconque d'un nom quelconque pour laisser croire à ma fille que la maison vous appartient... Il ne sera pas question de vous de quelque temps... Vous ne vous montrerez que lorsque je jugerai le moment convenable.

— Compris, dit Raguenal. J'ai du papier timbré. Je trouve votre idée excellente, excellente...

Le gros homme s'approcha d'un secrétaire, s'assit, prit un porteplume et une feuille. Quand il eut cessé d'écrire:

— A bientôt, je l'espère, mon cher, dit Mme Lovel.

Demeuré seul, Raguenal se promena de long en large dans son salon en se frottant les mains.

— Mes actions montent, enfin! murmurait-il. Il était temps qu'un bon mariage vînt rétablir ma fortune, hélas, bien compromise. La maison de Loches produira le meilleur effet sur Mme Lovel qui me croit toujours riche. Je dois pourtant bien avouer que, si je ne suis pas encore tout à fait sur la paille, il ne s'en faut pas de beaucoup que je ne sois complètement ruiné. J'ai trop fait la noce. Je croyais à l'éternité de mes billets de banque, lorsque j'entrepris de croquer à belles dents à même l'héritage paternel. Vieillesse et pauvreté, deux infirmités. La seconde est de trop. Fort heureusement, mes actions remontent!

Raguenal endossa un frac, mit son chapeau et se rendit sans tarder chez Cécile Bella.

Au moment où il se présenta chez la chanteuse, celle-ci était en grande conversation avec M. de Vendœuvres.

— Tu en es bien sûr? demandait-elle.

— Sûr? répondait le vieillard. Il aurait fallu être aveugle et sourd pour ne rien voir et ne rien entendre. Ils ne dissimulaient même pas. Juliette pleurait comme une Madeleine, et le Gaston frappait du pied... tous les bibelots en tremblaient. Ils sont brouillés, je te dis, brouillés à mort. C'est une belle victoire, ma poulette. Reconnais que j'ai joué supérieurement un rôle ingrat...

— Je le reconnais, dit Cécile.

— Après le départ de Juliette, de la Caillaudière a erré dans le parc, puis il est rentré en multipliant les imprécations. Il jurait qu'il ne chercherait de sa vie à revoir celle qu'il traitait de comédienne, de femme sans parole, que sais-je?... Il voulait sortir, se donner de l'air. Seulement, moi qui lisais dans le cœur du peti... comme dans un livre ouvert, je me disais: « Toi, mon bonhomme, tu cries trop fort pour qu'il faille prendre à la lettre toutes tes jérémiades. Tu es pincé plus que jamais. A peine seras-tu dans la rue que tu m'ordonneras de virer et de te conduire rue Paul-Delrey. Pas de ça! »

— Alors? dit Cécile.

— Alors?... Quand il me commanda d'amener la voiture je lui répondis que c'était impossible parce que j'avais rendez-vous avec mon cordonnier.

La chanteuse s'esclaffa.

— Ça, c'est tapé! Il a dû en faire, un nez!

— Il s'est fait répéter la chose, tant il était suffoqué. De quelle manière il m'a flanqué à la porte, je renonce à le décrire. Mais son geste de dignité froissée, ses regards courroucés, sa voix tranchante, tout cela glissait sur mon épiderme. C'était du drame après la bataille, du réchauffé, de l'inutile. Je riais sous cape... Pour une victoire, c'est une belle victoire, dis, ma biche, ma jolie Cœur-de-Marbre pour qui je veux encore me damner...

De Vendœuvres s'approchait, tendait les bras. Cécile recula d'un pas:

— Ah! non! fit-elle sèchement. Ne pas confondre. La victoire, pour moi, ne sera la victoire que lorsque tu auras les mains pleines. Ce n'est pas toi, vieux singe, que je veux; ce sont les louis de ta femme.

— Quoi, pas même un acompte?... à titre d'encouragement? grimaça langoureusement le vieillard. Un baiser, ma mie, un baiser sur tes yeux de velours.

— Arrière! dit la Bella. Trouve de l'argent.

De Vendœuvres laissa retomber ses bras et plissa le front. Ses yeux devinrent farouches.

— Soit! gronda-t-il. L'argent n'est pas loin et...

A ce moment Myrto parut:

— M. Raguenal est ici, murmura-t-elle.

— Que me veut-il? fit Cécile d'un ton rogue.

— Vous présenter mes hommages, ma chatte, dit Raguenal en avançant jusqu'à la chanteuse et en déposant un baiser sur son épaule nue. Je vous invite à souper... J'ai là quelques petits bleus qui ne demandent qu'à se convertir en vins fins, en bijoux, *et cœtera, et cœtera*. Notre truc, votre truc, plutôt, a parfaitement réussi.

De Vendœuvres, les traits révulsés, considérait Cécile et Raguenal qui échangeaient sans façon des mignardises.

— La dame d'en face est à moi, grâce à vous, mes amis, fit le gros homme. Elle renonce à son petit jeune homme. Entre nous soit dit, elle fait sagement... Sa dot sera aussi bien dans ma poche que dans celle de la Caillaudière.

De Vendœuvres frémit. Cécile dit:

— Et tu crois, gros pou, que tu vas épouser la belle Juliette?

— Pourquoi pas, puisqu'elle est dégoûtée des jeunes freluquets?

— Bah! bah! sourit Cécile, ils se reverront, et...

— Eux? Jamais de la vie, clama Raguenal. Juliette part pour la campagne!

De Vendœuvres tressaillit et regarda la chanteuse. Cécile regarda de Vendœuvres.

— J'ai une maison près de Loches, expliqua le gros ventru. Juliette croit l'avoir achetée et elle va s'y installer avec sa mère. Le temps travaille pour moi, mes agneaux. Je n'ai qu'une crainte...

— Ah!... laquelle?

— Si Juliette s'ennuie là-bas, elle va vouloir revenir. D'autre part, Gaston finira par apprendre que son ancienne Dulcinée s'est exilée en Touraine, et peut-être alors aura-t-il des soupçons, voudra-t-il la revoir... Ah! que n'ai-je des gardiens pour transformer en prison, sans que Juliette s'en doute, le domaine qu'elle a librement choisi!

— Tu n'es pas trop bête à tes heures, fit Cécile. Tes intentions sont louables et tu mérites qu'on ne te laisse pas barbotter dans le pétrin. Nous t'avons déjà rendu quelques services. Veux-tu que nous t'aidions encore?

— Parbleu, vous m'enchantez, dit Raguenal. Que prétendez-vous faire?

— Empêcher que la colombe ne quitte le nid, là-bas, dit la Bella, et nous mettre entre elle et de la Caillaudière si celui-ci tentait jamais de chasser sur ton terrain. Nous sommes des gens prompts, discrets...

— Et dévoués, je le sais, fit Raguenal. J'accepte votre offre avec reconnaissance. Allons-nous souper?

— Allons souper.

Cécile passa dans son cabinet de toilette pour changer de robe. Raguenal et de Vendœuvres demeurèrent seuls quelques instants.

— Que dites-vous de ma petite combinaison? demanda Raguenal.

— Epatante, mon cher, grimaça de Vendœuvres.

— N'est-ce pas? Juliette sera enchantée de m'avoir pour mari quand elle me connaîtra à fond. Je comprends, certes, qu'elle hésite. Son premier mari était un drôle qui faisait valser les écus sans discernement. Moi, je grignoterai l'avoir de ma femme avec méthode, sans me presser, sans éclat, sans cabrioles inutiles. Le gaspillage est un art, tout comme l'épargne. A notre âge, voyez-vous, les succès amoureux ne s'obtiennent qu'à coups de numéraire. Pour vaincre il nous faut, comme aux soldats, des munitions...

— Des munitions, parfaitement, approuva de Vendœuvres.

CHAPITRE VIII

COMMENCEMENT DE DOUTE

Plusieurs jours durant, Gaston demeura sous le coup qui le frappait.

Il revivait en pensée la scène pénible à laquelle rien ne l'avait préparé. Et chaque fois, fort de son honnêteté, il se disait:

— Juliette ne m'aimait plus. Elle ne m'a peut-être jamais aimé. Oublions-la.

Il voulait sortir. Et cependant il ne bougeait de son hôtel. Il souffrait horriblement et il eût été, au fond, navré de ne plus connaître la douleur qui l'attachait encore à *elle.*

Il passait par des alternatives d'exaltation furieuse, de désespoir, de doute et d'accablement.

Il n'avait pu se résoudre à se séparer de la photographie que Juliette lui avait donnée.

Il la contemplait longuement, l'analysait, cherchait à démêler dans ce visage d'un ovale si régulier, dans ces yeux si profonds, dans cette bouche d'un dessin si pur, des traces de fausseté, des indices d'hypocrisie.

Il n'y parvenait point. La jeune femme respirait la franchise confiante et la bonté...

Alors Gaston revenait au cabinet de travail. Il y entendait encore les reproches de Juliette. Il la revoyait, dressée, frémissante, et il se répétait:

— Non, non! Il n'est pas possible qu'elle ait poussé si loin l'art de contrefaire ses gestes et sa voix. Elle était sincère. Elle me croyait coupable.

« Mais, dans ce cas, quel complot aurait-on ourdi contre nous? Qui donc se serait introduit ici pour y déposer ces lettres qui ont paru à Juliette une preuve accablante de ce qu'elle appelait ma faute?

« Denis? Je ne le crois pas capable d'une telle félonie! »

Gaston avait interrogé le vieux domestique.

— Moi, monsieur! s'était écrié le brave Denis. Le soupçon vous aurait-il même effleuré! Je vous jure, monsieur, que je vous ai toujours servi loyalement. Si quelqu'un vous a trompé ici, ce ne peut être que ce chauffeur dont la tête ne me revenait guère. Il avait des allures louches, monsieur, et la façon cavalière avec laquelle il vous a répondu quand vous l'avez prié de tenir la voiture à votre disposition montre qu'il ne tenait pas outre mesure à rester en notre compagnie.

Le jeune homme fut frappé de cette réflexion.

— Tu as raison, Denis, articula-t-il. J'ai la fièvre, excuse-moi. Je saurai d'ailleurs la vérité. Rien ne nous sera plus facile que de retrouver le chauffeur. Nous l'interrogerons de telle sorte qu'il sera bien forcé d'avouer.

Gaston se souvint que l'homme disait avoir servi chez la baronne de Sainte-Thérèse. La baronne était décédée, au dire du chauffeur, mais elle devait avoir des parents qui donneraient des renseignements...

De la Caillaudière ouvrit un Bottin où étaient classées par ordre alphabétique toutes les familles aristocratiques de Paris et de province. Mais il eut beau chercher. Le nom de Mme de Sainte-Thérèse ne figurait dans aucune liste.

— Le chauffeur m'a trompé! s'écria-t-il. Je n'hésite plus. Il s'est introduit chez moi pour consommer une œuvre abominable.

« C'est lui, sans nul doute, qui a placé les lettres sur le meuble où Juliette les a prises...

« Cet homme n'a pas agi de son propre mouvement. Quelqu'un le guidait... Qui?...

Un nom vint aux lèvres de Gaston: Marguerite.

— Les lettres étaient signées « Marguerite », fit-il. Je ne connais pas une seule femme s'appelant ainsi. C'est donc que la signataire se cachait. Elle voulait me faire du mal et elle n'y a que trop réussi. Son geste ressemble à un acte de vengeance. Mais je n'ai pas d'ennemis, encore moins d'ennemies...

Le jeune homme se prit à réfléchir. Il fouillait dans

son passé avec une entière bonne foi. Il se vit partant pour la guerre, allant aux tranchées où des camarades de combat le raillaient amicalement quand il leur avouait qu'il n'avait pas de maîtresse... Puis sa blessure, l'hôpital, l'amputation, la réforme, le retour à Paris... la lettre d'invitation qu'il avait reçue un matin...

Gaston sursauta.

L'image de Cécile Bella venait de se dresser soudain devant lui. Il se souvint des menaces qu'avait proférées la chanteuse le jour où il avait repoussé ses avances.

« C'est la guerre que tu veux? clamait-elle. Eh bien, soit, tu l'auras! »...

Gaston ne cherchait plus, ne doutait plus.

Cécile avait tenu parole. Elle avait, dans l'ombre, tramé sa vengeance. Elle avait successivement joué Mme de Vendœuvres et Gaston. Elle devait bien rire!

De la Caillaudière, ayant fait cette découverte, sentit la colère et le dégoût l'envahir, en même temps qu'un espoir nouveau réchauffait son cœur.

— Je puis confondre la mégère, pensait-il. Je veux la voir en face. Elle niera, je le sais. Mais Juliette ne refusera pas de m'écouter. Je lui dirai de convoquer cette Marguerite qui prétend être ma fiancée. J'assisterai à l'entrevue, et nous verrons bien si la chanteuse osera garder devant moi le masque qu'elle a attaché pour mener jusqu'au dénouement l'infâme comédie.

« Juliette a beau dire qu'elle ne veut plus me voir. Elle m'aime encore... je le sens... je le veux!... Je l'aime, moi, en dépit de ma froideur des dernières minutes que nous avons passées ensemble. Je l'aime... Elle reviendra au sentiment des réalités... Et même si cet incident maudit avait ébranlé son amour, elle serait obligée de me rendre son estime. L'idée qu'elle me méprise m'est insupportable. Je dois me disculper.

Le jeune homme procéda à une toilette rapide. Puis il sortit et alla sonner chez Cécile Bella.

Myrto vint ouvrir.

— Votre maîtresse? demanda Gaston.

— Absente, répondit Myrto.

— Je tiens absolument à la voir...

— Mille regrets, mais...

— Je vais l'attendre ici.

— Vous l'attendrez longtemps, sourit Myrto. Mlle Bella est à la campagne.

— A la campagne!

— Oui, monsieur. Partie hier matin.

— Pour quel endroit?

— Je ne saurais vous dire.

— Restera-t-elle longtemps absente?

— Je l'ignore.

Myrto s'exprimait avec une aisance narquoise. Gaston l'enveloppa d'un regard soupçonneux.

— Voyons, la vérité? fit-il en tirant de son portefeuille un billet qu'il présenta à la soubrette.

Myrto accepta le billet et prit une mine désespérée.

— Vous êtes bien bon, monsieur, fit-elle, mais, quand bien même vous m'offririez le million, je ne pourrais vous dire que ce que je sais. Or, il se trouve que je ne sais rien.

Gaston n'insista pas. Il se retira.

— J'y avais vu clair, songea-t-il en redescendant l'escalier. Cécile se dérobe. Elle craint que Juliette ne la fasse venir et ne la convainque de mensonge. J'aurais préféré que la Bella fût prise elle-même en flagrant délit de malhonnêteté. Mais, même absente, je puis la confondre...

Le jeune homme brûlait de se rendre chez Juliette. Il contint son impatience, néanmoins, et entra dans un bureau de poste où il rédigea, à l'adresse de la jeune femme la courte lettre suivante:

« L'on vous a trompée, amie. Je vous apporterai demain les preuves de ma non-culpabilité.

« Celui qui vous aime toujours et qui est digne de vous,

« GASTON. »

Il relut ce court billet avant de le mettre à la boîte. Puis il soupa dans un restaurant du quartier.

Il mangea à peine. La fièvre du contentement lui

brûlait les tempes. Il eût voulu pouvoir escamoter la nuit pour être plus vite au lendemain.

Il reprit à pied le chemin de l'avenue Henri-Martin et ne put s'empêcher de passer par la rue Paul-Delrey.

Celle-ci était déserte quand il s'y engagea.

Seul, un homme marchait sur le même trottoir que Gaston à quelque vingt mètres en avant.

Arrivé devant l'hôtel de Mme de Vendœuvres, l'homme s'arrêta.

Gaston, surpris, s'arrêta aussi.

L'homme semblait chercher quelque chose dans sa poche. Une clef apparemment.

Gaston le vit s'approcher de la porte de l'hôtel, ouvrir en toute tranquillité, pénétrer dans le large corridor, disparaître...

Le jeune homme demeura cloué sur place par la stupeur.

Une demi-minute plus tard, les fenêtres du premier étage de l'hôtel s'éclairèrent.

Gaston sentit d'invisibles griffes s'enfoncer dans son cœur.

— Elle me trompait! gémit-il dans l'ombre. Et moi qui accusais Cécile Bella!... Juliette seule avait machiné l'affaire des lettres! Le chauffeur était à sa solde!... Elle avait un amant et sans doute celui-ci a-t-il exigé qu'elle rompît avec moi!...

« Il a la clef de l'hôtel!... Il vient de nuit!... Pauvre fou que j'étais... Comme on s'est moqué de moi! Pauvre fou!...

« Juliette! Juliette!... Quelle perfidie cachaient ces beaux yeux! Comme cette bouche exquise savait mentir!... Et c'est moi que l'on accablait de reproches! Et c'est moi qu'on prétendait surprendre!...

« Et je me tairais? Et j'accepterais cette humiliation? Et je laisserais les misérables consommer leur traîtrise sans leur faire savoir qu'ils ne m'en vendent point?... Non! non!... Je leur crierai à la face ce que je pense!

Gaston, hors de lui, se précipita vers l'hôtel. Il était décidé à n'importe quel esclandre. Il allait parler haut, faire tomber ses interlocuteurs en confusion... Il levait déjà le bras pour sonner...

Il s'arrêta soudain.

La porte était entr'ouverte.

— A merveille! pensa-t-il. On ne refusera pas, de la sorte, de me laisser entrer.

Il poussa l'huis, se glissa dans l'entrebâillement, monta sans bruit...

A l'entresol, une surprise nouvelle l'attendait.

Gaston pénétra plus avant. Il allait, sur la pointe des pieds, cherchant à surprendre la conversation de Juliette et de l'inconnu.

Mais il n'entendait pas le moindre bruit de voix.

— Etrange, songeait-il. Le visiteur ne referme pas ses portes et il se tait. Serait-il muet?

Gaston traversa l'antichambre et, par une autre porte entrebâillée, plongea un regard dans la pièce voisine.

Alors il eut un haut-le-corps.

Devant lui, sous la clarté des lampes électriques, un homme, — l'homme, — ôtait son veston, retroussait les manches de sa chemise...

Il se baissait ensuite, saisissait une pince-monseigneur, s'approchait du coffre-fort...

Gaston, médusé, regardait le cambrioleur. Ce dernier ne se doutait de rien.

Un grincement d'acier monta dans le silence de la pièce. L'homme ne se pressait pas; il se croyait seul.

Ce grincement produisit sur Gaston l'effet d'un réveil en sursaut.

Il fit un bond en avant pour se jeter sur l'homme.

L'homme sursauta, se retourna et fit un bond de côté.

— Je vous y prends! dit Gaston.

L'homme eut un regard oblique vers la porte.

— Non, non, vous ne vous échapperez pas, fit le jeune homme.

Le cambrioleur s'était placé — soit habileté, soit hasard — de telle manière qu'il avait le visage noyé dans l'ombre de son chapeau. Gaston, au contraire, se trouvait devant une lampe.

— De la Caillaudière! s'exclama le cambrioleur qui, jusque-là, n'avait pas examiné le nouveau venu.

— Vous me connaissez? fit Gaston surpris. Qui donc êtes-vous?

L'homme garda le silence.

— Peu importe, d'ailleurs, que vous me connaissiez ou non, articula le jeune homme. Vous vous êtes introduit ici dans l'intention de voler. Je vous surprends. Vous ne pouvez nier. Par conséquent...

Gaston esquissait le geste qui servait de conclusion à son discours laconique.

L'homme se redressa.

— Pardon, fit-il; n'intervertissons pas les rôles.

— Hein? s'écria Gaston.

— Vous qui parlez d'introduction clandestine, de quel droit vous trouvez-vous à cette heure dans cette maison?

— Ah! par exemple!...

— Oui, de quel droit?

Le cambrioleur payait d'audace, relevait la tête. De la Caillaudière, à ce moment, eut une exclamation:

— Mon chauffeur!... Lui!...

C'était, en effet, de Vendœuvres, grimé ainsi qu'il l'était lorsqu'il avait offert ses services à la villa de l'avenue Henri-Martin.

— Mon chauffeur! répéta aCston. Je vous retrouve! Nous allons nous expliquer!

Le vieillard eut un léger tremblement. Il ne doutait pas que Gaston ne fît allusion aux lettres déposées sur le classeur, dans le cabinet de travail. Il se raidit pourtant et, prenant un air de hauteur dédaigneuse:

— Votre chauffeur?... Je ne sais pas ce que vous voulez dire.

— Ah! non?... Je comprends tout maintenant. Vous n'êtes qu'un triste individu! Mme de Vendœuvres vous avait payé pour une besogne infâme dont vous vous êtes acquitté sans hésitation. Je me suis laissé jouer, c'est bien. Mais je veux que Mme de Vendœuvres sache en quel piètre sire elle avait mis sa confiance. Je vais la prévenir...

Le vieillard eut un ricanement:

— Elle sait tout, dit-il. Vous l'appelleriez en vain, d'ailleurs. Elle n'est pas ici. Mais elle sait tout.

— Même que vous vouliez forcer son coffre-fort? ironisa Gaston.

— *Notre* coffre-fort, s'il vous plaît, et non pas *son*

coffre-fort, dit le visiteur nocturne. Je suis chez moi, monsieur, et je suis bien bon de me laisser insulter. Il y a trop longtemps que vous courtisez ma femme. Elle m'a déjà trompé avec d'autres jeunes gens et je l'avais prévenue du danger que cela pourrait lui faire courir. J'aurais pu aller chez vous revolver en main et vous brûler la cervelle. Je ne l'ai pas fait. J'ai préféré user d'un subterfuge pour mettre fin à une situation que pas un mari ne pouvait tolérer. Vous devriez m'en remercier, monsieur.

Gaston, abasourdi, écoutait le vieillard. Celui-ci, surpris en plein cambriolage, se trouvait entre deux alternatives également embarrassantes: où il se laisserait arrêter, et l'on finirait par établir son identité, ce qui ferait un épouvantable scandale dans Paris. Ou il tiendrait tête à Gaston et jetterait bas le masque. Mais ce geste n'était pas moins gros de conséquences. Ce fut pourtant à ce dernier parti qu'il s'arrêta.

« Je me débarrasserai du gêneur, pensa-t-il; j'aurai ensuite le temps de terminer mon ouvrage et de disparaître. »

— Veuillez sortir, monsieur, dit-il à Gaston.

Le jeune homme fit signe qu'il ne bougerait pas.

— Vous êtes servi par une imagination puissante, ajouta-t-il tout haut. Vous voudriez me laisser entendre que vous êtes...

— Je ne veux rien vous laisser entendre du tout, fit le vieillard. Voyez-vous ce portrait?

Du doigt il désignait une peinture encadrée et accrochée au mur.

— C'est celui de feu M. de Vendœuvres, répondit Gaston.

— C'est le mien, dit l'autre. Regardez!

Il fit sauter sa perruque et sa fausse moustache. Alors il apparut tel qu'il était, chauve, glabre et tellement semblable au portrait que Gaston recula d'un pas.

— Mais... balbutia-t-il, mais vous étiez...

— Oh! je sais, ricana de Vendœuvres. Ma femme laisse croire à ses jeunes amants qu'elle est veuve. Elle m'enterre avec élégance, en paroles, s'entend. Elle a des amis dévoués qui veulent bien, à l'occasion, colporter qu'elle est libre de ses actes. Elle pousse même la fantaisie, ma femme, jusqu'à parler de mariage à ses « amis ». Cela corse l'intrigue, donne du sel à la liaison... Je n'ignore aucun détail...

Gaston, écrasé de ce qu'il entendait, sentait, devant tant de duplicité de la part de Juliette, un vertige le gagner. La comédie le dépassait. Il considéra son interlocuteur, puis, éclatant de rire et désignant la perruque qui gisait sur le plancher:

— Que je suis bête! fit-il. Et moi qui prends vos billevesées pour argent comptant! Si vous étiez M. de Vendœuvres, pourquoi vous déguiseriez-vous pour venir ici?

— Depuis quand n'a-t-on plus le droit de se grimer comme on veut chez soi? demanda le vieillard. Je suis vieux et laid. Je prétends me rajeunir. Cela me regarde, je suppose?

Gaston ne répliqua rien. Il eut un salut bref et quitta l'hôtel. Il marcha au hasard, dans la nuit. Ce qu'il avait vu et entendu l'accablait de surprise, de douleur et de ressentiment. Des doutes l'assaillaient, mais l'aplomb du vieillard chassait ces doutes-là.

— Je veux haïr cette femme qui m'a trompé d'abominable façon, disait-il, je veux la détester!... Je le veux...

Il ajoutait presque aussitôt:

— Je le veux, mais je ne le puis. La scène qu'elle m'a faite chez moi n'était pas jouée. Juliette était sincère. Elle n'est coupable que de m'avoir caché l'existence de son mari. J'avoue que le pauvre homme n'est pas l'époux qui convient à une jeune femme. Mais, si j'avais su, je ne me serais pas exposé à souffrir. Or, je souffre plus que jamais. La haine n'entre pas dans mon cœur et n'en peut chasser l'amour. J'aimerai sans espoir, j'aimerai comme un fou et comme un désespéré... Juliette! Tu m'as fait bien du mal. Et pourtant je te pardonne. Je vivrai loin de toi, nous ne nous verrons plus... Mais je t'aime. Je t'aimerai toujours.

Le jeune homme, sans trop savoir comment, se retrouvait en face de son hôtel. Il songea, tandis que Denis lui ouvrait la grande porte:

— Je lui ai envoyé une carte... Elle la recevra de-

main. Si elle me répond... Si elle elle m'invite à me
disculper?... Irai-je?...

Une voix très douce chanta intérieurement:

— Oui, tu iras.

CHAPITRE IX

LA BELLA VEILLAIT

Mais le lendemain, par plus que le surlendemain,
Gaston ne reçut la moindre réponse.

Juliette, en effet, n'avait pas été touchée par la
carte du jeune homme.

Elle était partie pour Loches en compagnie de
Mme Lovel.

La maison de campagne offerte par Raguenal se
trouvait à quelques kilomètres de la ville.

Elle était d'un style fort ancien et ressemblait plus
à un château-fort qu'à une habitation de plaisance.

De hautes murailles bordaient la cour et le jardin.
Une rivière étroite, mais profonde, limitait la propriété d'un côté tandis que par ailleurs une clôture
en fil de fer courait dans les bois dont la région était
couverte.

— Tu voulais de la solitude, ma fille, sourit Mme
Lovel en pénétrant sous les rameaux épais qui for-
maient voûte au-dessus des sentiers; je crois que tu
seras servie.

Juliette ne répondit pas.

Depuis Paris, elle était songeuse.

En dépit des preuves dont elle croyait avoir acca-
blé Gaston, elle se remémorait l'attitude du jeune
homme, dans le cabinet de travail, et elle ne pouvait
s'empêcher de se dire que cette attitude n'était pas
celle d'un coupable.

Le comédien le plus consommé n'aurait pu tenir
son rôle avec autant de maestria.

Un soupçon avait effleuré l'âme de Juliette. Elle l'avait écarté de toutes ses forces.

— Non, songeait-elle. Les lettres étaient bien à l'endroit indiqué. Je voudrais être indulgente... Ce serait de la lâcheté.

Mme Lovel s'était présentée à ce moment. Son offre de voyage en province, qui avait tout d'abord séduit la jeune femme, l'annonce d'un propriétaire bénévole décidé à vendre sa maison sans autres pourparlers, tout cela avait mis de nouveau la défiance de Juliette en éveil.

— Je veux revoir Marguerite, s'était-elle dit. Elle a écrit à Gaston. Peut-être Gaston lui a-t-il répondu... Dans ce cas je saurai à quoi m'en tenir.

Elle prit une plume et une feuille de papier à lettres et s'arrêta, perplexe:

— Ah! mais... Marguerite qui?... Cette femme ne m'a donné que son prénom... Je n'ai ni son nom de famille ni son adresse...

Cette constatation n'était pas faite pour diminuer les soupçons de Juliette.

Elle passa le reste de la journée dans un état facile à concevoir. De raisonnement en raisonnement, elle en arrivait, l'amour aidant, à entrevoir la mystification dont elle était victime. Seule, la découverte des lettres la laissait béante.

— Faisons nos malles, disait-elle douloureusement. Je n'ai pas rêvé, là-bas. Pourtant, *ses* protestations...

Mme Lovel, le lendemain, était apparue de nouveau. Elle brandissait l'acte de vente de la maison de Loches.

— Nous allons partir tout de suite, ma petite, tout de suite. Comme tu es pâle! L'air de la Touraine te fera du bien.

A la gare, Juliette et Mme Lovel s'étaient heurtées à Raguenal.

— Vous ici? Quel heureux hasard! s'écriait Mme Lovel.

Puis, tout bas:

— Imprudent! Il fallait rester chez vous... C'est trop tôt!

— Oui, parfaitement... bonjour, chère madame... bafouillait Raguenal. J'ai des amis du côté de Loches.

alors... vous comprenez, ils m'ont invité à aller les voir... Je les ai accompagnés jusqu'au train...

— Tiens! Tiens! pensait Juliette.

Raguenal multipliait les salutations et les courbettes. Il semblait ne tenir aucune rigueur à la jeune femme de la manière un peu rude dont elle l'avait éconduit. C'était à croire qu'il ne s'en souvenait même pas.

Cette amabilité, cette absence de tout souvenir avaient été pour Juliette une révélation.

Tandis que le train l'éloignait de Paris, elle rapprochait, confrontait, si l'on peut ainsi dire, les événements qui s'étaient déroulés pendant ces derniers jours. Et elle leur découvrait un enchaînement tellement logique qu'elle s'étonnait de ne l'avoir pas remarqué plus tôt.

— C'est Raguenal qui nous a brouillés, pensait-elle. Il s'est vengé de mon refus. Il ne désespère peut-être pas de rentrer en grâce, d'y entrer, plutôt, car il n'y a jamais été. Cette Marguerite n'était qu'une créature de Raguenal. J'aurais dû, pour le voir se troubler, lui parler de Marguerite.

Depuis qu'elle était installée dans la grande maison campagnarde, Juliette se répétait toutes ces choses. Et chaque fois elle se convainquait davantage de la bonne foi de Gaston.

Alors, n'y tenant plus, elle lui écrivit.

Quand elle eut terminé sa lettre, elle songea, non sans embarras, qu'il lui serait difficile de mettre le pli à la poste.

La ville était assez éloignée, on le sait. Juliette ne pouvait vouloir s'y rendre sans que Mme Lovel l'accompagnât.

Le facteur ne s'était pas encore présenté à la maison.

Juliette était fort perplexe. Son désir d'envoyer la lettre s'augmentait en raison des difficultés à surmonter.

Elle s'en remit au hasard et sortit sous prétexte d'explorer les environs immédiats de la ferme.

Mme Lovel était justement à sa toilette.

Juliette se hasarda dehors, traversa la grande cour,

franchit la porte étroite et basse creusée à même la muraille et se trouva dans le bois presque aussitôt.

Elle prit l'unique chemin par lequel on accédait au domaine et se trouva, au bout de quelques minutes, près du grillage en fil de fer.

Elle aperçut, non loin, une paysanne qui semblait chercher quelque chose à terre.

— Voilà mon affaire, se dit-elle.

Elle appela:

— Madame!

La paysanne s'arrêta, leva la tête.

— Vous êtes occupée, madame? demanda Juliette.

— Les champignons ne sont pas épais, répondit la paysanne.

— Voulez-vous me rendre un service? poursuivit Mme de Vendœuvres.

— Un service?... bien sûr que oui... Quel service?

La bonne femme s'approchait à pas lents. Par-dessus le grillage, Juliette lui tendit une pièce d'argent.

— Prenez d'abord ceci...

La paysanne tendit le bras, prit la pièce.

— Vous me mettrez bien cette lettre à la poste, fit Juliette.

— Oh! pour ça oui. C'est pressé?

— Très pressé.

— J'vas donc aller à Loches. Vous m'avez fait gagner ma journée. Vous savez, madame, quand vous aurez d'autres lettres à expédier, faudra pas vous gêner. J'viens ici souvent ramasser du bois...

— Entendu, fit la jeune femme.

La paysanne s'éloigna. A peine fut-elle au détour du chemin, dans un bas-fond, à l'abri des regards, qu'elle eut un rire silencieux.

— Vive le hasard! dite-lle à voix basse. La petite voudrait renouer avec son Gaston... C'était prévu...

Cécile Bella — car c'était elle — tournait le pli entre ses doigts.

— Voyons ce qu'elle raconte? murmura la chanteuse.

D'une main experte elle déchirait l'enveloppe. Elle déploya la feuille après l'avoir retirée et lut:

« Gaston, je suis folle, sans doute, mais il me sem-

ble qu'on nous a joués tous les deux. Ce ne peut être
que Raguenal. Je me repens d'avoir quitté Paris et je
m'en félicite en même temps, car c'est ce qui m'a
permis d'y voir un peu clair dans nos affaires. Je ne
te crois pas coupable. Il serait indigne de toi de me
tromper plus longtemps. Dis-moi la vérité, dût mon
cœur en saigner éternellement.

« Juliette se meurt d'angoisse. Elle espère et attend
une réponse. »

Le rire de Cécile se fit plus aigre.

— Voyez-vous ça!... La pimbêche commence à
ouvrir les yeux!...

La Bella demeurait immobile sur le chemin. Elle
semblait partagée entre deux hésitations. Son visage
exprimait à la fois l'inquiétude et la joie sauvage.

— Je les tiens, murmurait-elle. Ils sont séparés et
malheureux. Ma vengeance serait complète s'ils sa-
vaient...

« Au fait, pourquoi ne sauraient-ils pas?

La chanteuse relut le billet.

— Parfaitement, dit-elle. Je veux qu'il sache. Peu
m'importe à présent puisque *l'autre* a mis la main sur
le trésor.

L'autre, c'était de Vendœuvres.

Cécile, dont les yeux flamboyaient à présent d'une
lueur mauvaise, déchira la partie de la lettre qui
contenait en *post-scriptum* l'adresse de Juliette.

Puis elle écrivit au crayon:

« *Lu et approuvé: Cécile Bella.* »

Elle revint en hâte au village voisin où elle avait
loué une chambre.

Elle mit sous enveloppe la lettre ainsi tronquée et
complétée, puis partit pour Loches.

Comme elle se disposait à quitter la ville après
avoir confié le pli à la poste, elle se trouva, au détour d'une rue, face à face avec de Vendœuvres.

— Toi? s'écria-t-elle joyeusement. Quelle bonne
surprise! Je ne t'attendais pas si tôt! Tu es allé là-
bas?

— Où ça? grimaça le vieillard.

— Chez ta femme ?

— Oui, marchons.

— Comme tu me dis cela ! Tu n'as pas réussi ?... Le coffre ?

— Je l'ai ouvert.

Cécile respira.

— Ah !... Bravo ! Mais pourquoi cet air soucieux ?

— Je t'expliquerai tout en route. Il peut y avoir des oreilles ici.

— Tu as raison, dit la chanteuse.

Quand ils furent dans le bois :

— Et maintenant, m'expliqueras-tu...

— Oh ! c'est simple... Le coffre était vide.

— Vide !

— Oui.

— Et tu oses revenir ?

— Forcé, mon amie.

— Comment, forcé ?

— Je me suis fait piper.

Ces cinq mots produisirent sur Cécile l'effet d'un coup de massue.

— Hein ! gémit-elle, la police ?...

— Non, pas la police...

— Qui, alors ?

— Lui, le jeune homme... Il me prenait pour un voleur...

— Que tu étais, dit froidement la chanteuse.

— Pas d'appréciations, je t'en prie, soyons sérieux, articula le vieillard. Je n'avais qu'un moyen de me tirer de là, c'était de mettre Gaston à la porte.

— A la porte ! fit la Bella suffoquée.

— Sans doute. J'étais chez moi, après tout ! Je me suis nommé.

— Tu...

— Eh bien, quoi ? Qu'aurais-tu fait à ma place ?

La chanteuse se laissa tomber sur le gazon qui bordait le chemin.

— Malheureux ! souffla-t-elle. Tout Paris à cette heure doit savoir que tu es vivant !...

— Je ne le crois pas, dit de Vendœuvres. Le petit jeune homme est discret. Et puis, je l'ai mis dans une posture tellement ridicule que je ne le vois pas très bien allant raconter qu'il s'est fait remettre à sa place par le mari de sa belle. Au pis aller, quand il parlera, ce sera trop tard...

« Parce que je suis venu pour agir. Qu'est-ce qu'il me faut, à moi? Il me faut toi, ma jolie... Ne proteste donc pas et laisse-moi dire. Si j'avais les écus de ma femme, ne me suivrais-tu pas à l'étranger? Un beau voyage d'agrément, le temps de manger notre fortune, ma colombe. Je suis vieux, tu es jeune. Tu videras mon escarcelle et tu m'enterreras...

— Tout de même! fit la Bella.

— Paris m'est interdit désormais, je le sais bien, poursuivit le vieux. Il m'est interdit, et je n'y paraîtrai jamais plus. Que m'importe, dans ces conditions, que de la Caillaudière parle ou qu'il ne parle pas? S'il bavarde, je serai loin, nous aurons levé le pied avant que la justice daigne s'émouvoir et s'occuper de moi...

— Mais l'argent? dit Cécile qui ne perdait pas le nord.

— Justement, je viens le chercher, avoua de Vendœuvres. Ma femme peut et doit me signer un joli petit papier. L'occasion est propice. Elle pourra, ma doulce femme, épouser qui elle voudra, après, Raguenal, Gaston, le mikado ou le diable. Je suis mort légalement. Rien ne s'oppose à son mariage. Les billets de banque à moi, la liberté à elle. Désintéressée comme elle l'est, elle y gagnera encore. Seulement, il n'y a pas de temps à perdre.

— Tu parles bien, fit la chanteuse.

— Je parle d'or, sourit hideusement le vieillard. Tu m'aideras, n'est-ce pas?

— De tout mon pouvoir. Il faut, comme tu le dis, aller vite.

En prononçant ces mots, Cécile songeait à la lettre que Gaston allait recevoir. Sans doute l'adresse de Juliette manquait. Mais le jeune homme, mû par la rage et l'amour, serait peut-être tenté de se mettre en campagne.

La chanteuse n'avait point tort de redouter les suites du geste dont elle se repentait maintenant.

Gaston, qui ne pouvait se résoudre à oublier Juliette malgré tout ce qu'il avait vu ou cru apprendre, se disposait à sortir, un matin, quand Denis lui avait apporté une lettre.

— C'est tout ce qu'il y a comme courrier, monsieur...

Le jeune homme, étonné de l'écriture qu'il ne connaissait point, décachéta.

Alors il ressentit un coup au cœur.

C'était Juliette qui écrivait.

Ce qu'elle disait, on s'en souvient.

Gaston lut d'un trait le précieux billet.

Elle ne me parle pas de M. de Vendœuvres, remarqua-t-il. Ses phrases respirent l'absolue sincérité. Le vieillard de l'autre soir m'aurait-il trompé? N'était-il qu'un cambrioleur adroit, un imposteur dont l'assurance m'a démonté?

« Juliette se meurt d'angoisse. Elle espère et attend une réponse. »

Cette ligne emporta les dernières hésitations du jeune homme.

— Une réponse? fit-il. Ce serait trop peu. Un volume ne suffirait pas à dire ce que je ressens. La correspondance est longue et il y a, entre Juliette et moi, des explications qui ne se peuvent échanger que verbalement. J'irai la voir et je lui parlerai...

Le jeune homme examinait de nouveau la lettre, comptant trouver dans le *post-scriptum* l'adresse de l'aimée.

Ce ne fut qu'alors qu'il remarqua que la feuille avait été adroitement déchirée.

Ses yeux s'arrêtèrent sur une ligne tracée au crayon...

Il lut avec effarement:

« Lu et approuvé: Cécile Bella. »

— Cécile Bella! s'écria-t-il. Cécile Bella!... Qu'est-à dire? Que vient faire ce nom ici?

Gaston, tourmenté par l'énigme qui se posait devant lui à l'improviste, était comme un homme qui se promènerait en pleine lumière et à qui l'on mettrait sans crier gare un bandeau sur les yeux.

La présence de ce nom, au bas de ce billet, voulait être une insulte, à coup sûr une ironie.

Le jeune homme se prit à considérer plus attentivement la lettre de Juliette.

Il remarqua que l'écriture du corps du billet ne ressemblait pas à celle de l'enveloppe, mais qu'en revanche la main qui avait tracé la lettre avait également libellé le *post-scriptum*.

Gaston en conclut aussitôt que Cécile avait écrit la ligne finale en se cachant de Juliette.

Alors il se plongea dans un abîme de méditations.

Il lui revint que Cécile n'était pas à son domicile, qu'elle avait quitté Paris.

Le cambrioleur, d'autre part, affirmait que Juliette n'était pas non plus chez elle.

Cette double absence, au même moment, jointe à la constatation que le jeune homme avait faite en décachetant, puis en lisant la lettre, était troublante en vérité.

— Juliette serait-elle prisonnière de Cécile ? se demandait Gaston.

Peu à peu la clarté se faisait dans son esprit. Il coordonnait les événements, leur trouvait un lien...

Juliette protestait de ses bonnes intentions et Cécile Bella poussait un éclat de rire strident.

C'était donc que la chanteuse avait machiné la rupture. Elle se vengeait !

Le jeune homme entrevoyait une intrigue à double fin.

En même temps qu'elle donnait satisfaction à sa rancune, la triste créature s'adjoignait un voleur chargé de faire main basse sur l'argent et les bijoux de Mme de Vendœuvres. Là était la vérité.

Le chauffeur avait déposé les fausses lettres dans le cabinet de travail.

Ce même chauffeur s'éclipsait de l'avenue Henri-Martin pour reparaître chez Juliette et y travailler de la pince.

Cécile, elle, restait dans la coulisse...

Seulement sa rage de triompher l'avait rendu maladroite.

Si elle avait continué à s'envelopper d'ombre, elle eût pu tromper la perspicacité de Gaston et de Juliette, prolonger le malentendu, semer de la discorde, des larmes, de la douleur.

Tandis qu'à présent le jeune homme mettait de côté tout amour-propre.

Il oubliait les griefs qu'il avait eus contre Juliette.

Il ne voyait qu'une chose: Elle souffre, elle se débat, elle m'appelle...

— J'irai, répéta-t-il.

Mais une difficulté nouvelle surgissait.

La Bella avait fait disparaître l'adresse de Juliette.

Cette adresse, comment la retrouver?

Il consulta le timbre-cachet de la poste.

Celui-ci était à peu près illisible.

Gaston s'y prit de bien des manières pour essayer de découvrir le nom de la ville qu'il cherchait.

Il lisait pourtant: « Indre-et-Loire ».

Du nom qui lui restait à trouver il ne distinguait que les lettres L...es...

De déduction en déduction, il arriva à ces deux mots: Luynes, Loches.

Il écarta le premier après examen plus approfondi et s'arrêta au second.

Il ne se dissimulait pas que, même si l'hypothèse se muait en certitude, le séjour de Juliette à Loches pouvait prêter à doute.

Cécile, en effet, était assez rusée pour jeter la lettre dans une boîte fort éloignée de la résidence de Mme de Vendœuvres.

Gaston était résolu cependant à entreprendre le voyage.

Il fit boucler sa valise par Denis et prit le premier train à destination de Tours.

CHAPITRE X

LE TRIOMPHE DE M. DE VENDŒUVRES

Mme Lovel se promenait dans le grand jardin que les habitants de la contrée honoraient du nom de parc, lorsqu'une silhouette épaisse se profila, au bout de l'allée, sur un fond de verdure.

— Raguenal!... Vous! s'exclama-t-elle d'un ton de surprise joyeuse à laquelle se mêlait un reproche. Vous? déjà?...

— Moi, déjà, fit le gros homme en s'avançant. Que voulez-vous, chère dame, on est amoureux ou on ne l'est pas. Or, je le suis...

Raguenal s'inclinait, baisait respectueusement la main que Mme Lovel lui tendait avec dignité.

— Je pensais aussi que vous deviez vous ennuyer quelque peu dans cette solitude, poursuivit-il, et j'ai osé croire que ma présence...

— Ma foi, sourit Mme Lovel, votre présence est la bienvenue, quoique je l'estime prématurée.

— Prématurée!

— Dame! mon cher! Souvenez-vous... Il n'y a pas si longtemps que Juliette... Le cœur féminin vibre bien quand il vibre...

— Madame votre fille supporterait-elle mal son séjour ici? demanda Raguenal.

— Elle est folle, littéralement folle de douleur silencieuse. Je pourrais vous affirmer le contraire, mais ce serait vous mentir et vous exposer à un refus définitif cette fois...

— Trop aimable, chère madame, grimaça Raguenal.

— Juliette a beau affecter l'insouciance et la gaîté, continua Mme Lovel, elle ne m'en vend pas. Je lis dans son âme comme dans un livre ouvert. Elle aime toujours l'autre.

Raguenal se gratta la tête.

— Je ne veux pas vous désespérer, dit son interlocutrice. J'entends simplement vous mettre en garde contre les maladresses que vous pourriez commettre. Laissez agir le temps...

— Quoi? soupira l'homme au ventre rebondi, me faudra-t-il retourner à Paris?...

— Ce serait le plus sage, à mon avis, dit Mme Lovel.

— ...Sans même l'avoir vue, sans même lui avoir présenté mes hommages?

« Tenez, madame, je ne suis pas le maladroit que vous croyez. Je m'étais dit qu'en m'y prenant de loin, en commençant par jurer à votre fille que je m'abstiendrais de lui faire la cour, en lui manifestant simplement les marques d'une amitié déférente, j'arriverais à faire accepter ma présence, j'habituerais Juliette à me voir... L'habitude, vous savez, est une force qui lie aussi bien que l'amour...

— Essayez, répondit Mme Lovel. Ce sera à vos risques et périls.

— Je ne la vois point, fit-il.

— Qui?... Juliette?

— Oui.

— Ne vous étonnez point. Elle est seule le plus souvent. Inutile de courir après, n'est-ce pas? Nous la trouverons à la salle à manger... C'est bientôt l'heure...

Raguenal respira.

Il n'aimait pas Juliette. Il ne visait que la dot.

S'il tenait à ne pas s'éloigner de la femme sur laquelle il avait jeté son dévolu, c'est qu'il craignait qu'elle ne fît la connaissance de quelque jeune homme bien fait devant qui lui, Raguenal, n'eût plus eu qu'à battre en retraite.

Il s'était souvenu que le domaine était entouré de châteaux dont les seigneurs et maîtres étaient dans l'âge où l'on se marie. Il demanda:

— Vous n'avez pas eu de visites, depuis votre arrivée?

— Pas la moindre, répondit Mme Lovel. Y aurait-il, à Loches, des gens à voir?

— Personne! fit Raguenal avec précipitation.

Tout en devisant, ils se rapprochaient de la maison.

Une vieille domestique, attachée depuis des années à la ferme, vint annoncer que le dîner était servi.

Mme Lovel et Raguenal pénétrèrent dans la salle à manger.

— Mettez un couvert de plus, ordonna Mme Lovel à la domestique.

Cette dernière s'exécuta.

— Je m'étonne que Juliette ne soit pas descendue, fit Mme Lovel. Elle ne se fait pas attendre d'habitude.

— M'aurait-elle vu? songeait Raguenal.

Mme Lovel s'adressa à la vieille cuisinière:

— Avez-vous prévenu ma fille?

— Oui, madame. J'ai appelé comme je le fais tous les jours.

— Voulez-vous appeler encore?

La domestique disparut et revint l'instant d'après.

— J'ai appelé, madame... Je n'ai pas reçu de réponse...

— Avez-vous frappé?

— J'ai frappé.

— Etrange, dit Mme Lovel.

— Sauf votre respect, madame, articula la cuisinière, ne vous dérangez pas... J'ai entrebâillé la porte, pour me rendre compte. Madame votre fille n'est pas dans la chambre.

Mme Lovel et Raguenal se regardèrent.

Juliette n'était pas non plus au jardin. Juliette ne répondait pas quand on l'appelait, Juliette ne paraissait pas à la salle à manger.

— Se serait-elle enfuie? songeait Raguenal.

Juliette ne s'était pas enfuie, bien qu'elle ne fût plus au domaine.

De grand matin, et alors que Mme Lovel et la vieille paysanne dormaient encore, la jeune femme s'était levée.

Elle avait calculé que la lettre envoyée à Gaston devait avoir touché ce dernier la veille, qu'il répondrait sans doute par retour du courrier et qu'elle n'allait pas tarder à recevoir la réponse.

Elle ne pouvait ni ne voulait, connaissant les dispositions de Mme Lovel à l'égard du jeune homme, montrer le pli que celui-ci ne manquerait pas de lui adresser.

Elle se proposait d'aller au-devant du facteur.

Au retour, elle expliquerait qu'une promenade dans les bois l'avait tentée.

Elle partit donc.

Son cœur, tout à l'espérance, battait à grands coups dans sa poitrine dilatée au grand air du matin.

La campagne, à cette heure où tout semble s'éveiller à la vie, était un véritable enchantement.

Juliette n'était pas pressée. Son impatience ne pouvait empêcher qu'elle n'eût encore plusieurs heures à attendre.

Elle s'enfonça dans les sous-bois mystérieux.

Comme elle observait avec ravissement les jeux de la lumière dorée dans les branches aux feuillages diaphanes, un bruit de pas la fit se retourner.

Elle reconnut, non loin, la paysanne à qui elle avait confié la lettre destinée à Gaston.

Elles s'abordèrent.

— Bien le bonjour, fit la Bella grimée de façon magistrale. Alors, comme ça, on se promène?

— Vos bois et vos vallons sont délicieux, répondit Juliette.

Puis, revenant au sujet qui l'intéressait plus que tout:

— Avez-vous mis ma lettre?...

— A la poste?... Dame voui...

— Le jour où je vous l'ai confiée?

Juliette, qui avait un instant douté de la célérité de sa commissionnaire, respira.

— J'parie, dit la Bella, qu'vous attendez eun'réponse, à c't'heure.

Cette rondeur indiscrète, qui eût été de l'impertinence chez une personne ayant de l'éducation, cadrait bien avec la robe de grosse laine de la paysanne et sa coiffe immense, dans laquelle le visage se perdait.

— Vous attendez? pas vrai? insistait-elle.

— J'attends, en effet, sourit Juliette. Le facteur passe bien, quelquefois.

— Il passe, voui. Seulement...

— Seulement?

— Vous ne le verrez pas.

— Je ne...

— Non. Il ne prend pas ce chemin-ci.

Juliette n'avait aucune raison de mettre en doute cette affirmation.

— De quel côté dois-je me diriger? demanda-t-elle.

— Oh! j'peux vous montrer si vous voulez... J'suis point pressée... J'vas vous dire... Il ne fait votre domaine qu'en dernier lieu, quand tout le village est servi. Il passe chez vous comme ça à l'heure du dîner, parce qu'il s'arrête à boire un peu partout... mais vous aurez la lettre beaucoup plus tôt si vous voulez me suivre...

Juliette remercia pour tant d'obligeance.

La paysanne, tournant le dos à la direction que Juliette avait prise, gagna un chemin tortueux, bordé de buissons épais qui faisaient, de chaque côté, un rideau opaque.

La jeune femme suivait, bénissant le hasard qui la mettait dans la bonne voie.

L'une précédant l'autre, elles arrivèrent ainsi devant une barrière de bois au travers de laquelle on distinguait, malgré les arbres d'un clos, le mur gris d'une maison.

— Où me faites-vous aller? s'informa Juliette.

— Nous prenons par le plus court, répondit la paysanne. C'est ici chez moi. Nous traversons, vous comprenez?

Elle ouvrait la barrière, s'effaçait pour laisser passer la jeune femme.

Celle-ci pénétra dans le clos, continua d'avancer.

— Entrez donc un bout, proposa la paysanne.

Juliette, par politesse, n'osa refuser.

Elle se trouva bientôt dans une pièce basse, aux murs enfumés, aux meubles rustiques.

— Asseyez-vous, invita la paysanne en montrant une chaise.

— Merci, madame, résista doucement Juliette.

Puis, voyant que la femme fermait la porte en dedans, à double tour:

— Que faites-vous?...

— C'est par précaution, répondit la femme. Nous avons à parler.

La voix de la paysanne était toute changée. Juliette le remarqua. Comme elle allait chercher à approfondir les raisons de ce changement, une porte basse que la jeune femme avait à peine entrevue en entrant s'ouvrit, et un homme parut.

Un homme de haute taille, légèrement voûté... Un homme masqué.

Juliette prit peur et voulut battre en retraite. Mais la Bella se mit en travers de la porte.

— Halte! fit-elle sèchement. On ne passe pas!

Juliette, affolée, vit qu'elle était tombée dans un guet-apens. Elle ne s'expliquait pas ce que lui voulaient ces gens. Sa peur s'en accrut.

— Laissez-moi... Laissez-moi partir... balbutia-t-elle.

L'homme masqué lui posa la main sur l'épaule.

— Nous ne vous ferons pas de mal, déclara-t-il.

Juliette tressaillit. Cet accent... cette voix!... N'était-ce pas une voix d'outre-tombe?

— Nous ne sommes pas des assassins, reprit l'homme en pesant sur l'épaule de la jeune femme pour la forcer à se rasseoir.

Elle était tremblante et sans force. Elle se laissa retomber sur la chaise.

— Je n'irai pas par quatre chemins, articula l'homme. Vous êtes riche.

— Mon Dieu!... mon Dieu!... gémit Juliette.

— Laissez votre Dieu tranquille. Nous parlons en ce moment d'affaires positives.

« Vous avez fait un héritage...

— Mais...

— Vous avez fait un héritage, coupa l'homme en appuyant sur les syllabes. Celui qui a rétabli votre fortune chancelante ne s'est pas préoccupé de savoir s'il ne commettait pas à mon endroit une grave injustice.

« Il serait trop long de vous dire pourquoi j'ai à la succession de qui vous savez plus de droits que vous.

« Je m'abstiendrai donc de me justifier. Il me suffit d'avoir pour moi la conscience de ces droits.

« Je fais appel à vos bons sentiments. Réparez l'erreur que l'on a commise à mon préjudice. »

L'homme s'arrêta. Juliette le considérait avec terreur.

La voix, aux inflexions volontairement contrefaites, réveillait chez Mme de Vendœuvres des souvenirs d'une étrange précision... Toute sa vie défilait devant ses yeux agrandis par l'horreur et le doute.

— Qui êtes-vous? demanda-t-elle.

— Peu doit vous importer qui je suis, répondit-il.

La paysanne, qui se tenait toujours en travers de la porte, éclata d'un petit rire aigre.

De voir ainsi le mari jouer devant sa femme le rôle d'un Cartouche, la Bella goûtait une joie indicible.

— Que voulez-vous de moi? fit Juliette qui n'avait retenu que le son de la voix et non le sens des paroles.

— Ton argent, dit laconiquement de Vendœuvres.

Juliette tressaillit de la tête aux pieds.

— Oh! râla-t-elle, quel fantôme est-ce là? quelle apparition diabolique!... Otez votre masque, que je voie!... Vous êtes... Vous êtes... Ce serait horrible!... Il est mort, celui-là!... Je suis veuve!...

— Nous le savons pardieu bien, que vous êtes veuve!... M. de Vendœuvres, s'il vivait, se servirait de vos écus... Mais il ne s'en servira pas. Ces écus iront à d'autres.

La Bella, de nouveau, éclata de rire.

— Laissez dormir les morts, fit de Vendœuvres. Moi, je suis vivant et bien vivant. Je me permettrai de vous faire remarquer que je vous ai demandé poliment quelque chose et que je m'en suis remis à votre sens de l'équité.

Juliette ne répondit pas.

L'homme affirmait qu'il n'était pas M. de Vendœuvres. La jeune femme en éprouvait comme un immense soulagement. Elle songea aussitôt à Gaston.

— Mais alors... fit-elle en se tournant vers Cécile, vous n'êtes qu'une misérable, vous!... Vous m'avez trompée...

— Pas de grands mots, articula l'homme.

— Vous m'avez indignement trompée, appuya Juliette. Et cette lettre, que je vous avais confiée... Vous ne l'avez pas mise à la poste...

— Non, dit la Bella. Je ne l'ai pas mise.

Juliette pâlit.

— Je ne l'ai pas mise, expliqua Cécile, parce que je vous hais.

— Moi? fit la pauvre Juliette.

— Oui, vous. Vous vous êtes placée en travers de mon chemin. J'aime Gaston de la Caillaudière, ma petite. Il le sait. Et vous croyez que je vais servir de messagère gracieuse pour seconder vos plans?

De Vendœuvres darda sur Cécile un regard de feu.

— Que dis-tu là? rugit-il. Que dis-tu là, vipère?

— Je dis ce qu'il me plaît, riposta la Bella. Toi, occupe-toi de ce qui te regarde. Et vous, ma petite, écoutez monsieur. Sa conversation ne saurait manquer de vous intéresser.

— Vous ne m'avez pas répondu, en effet, grimaça de Vendœuvres.

— Vous répondre?

— Sans doute.

Juliette sentait la folie du désespoir la gagner peu à peu.

— Mais, c'est odieux! s'écria-t-elle. Vous êtes hideux, tous, hideux!

De Vendœuvres ne releva pas les adjectifs. Il tira de sa poche un portefeuille, et du portefeuille un rectangle de papier timbré sur lequel des lignes étaient tracées.

— C'est l'acte de donation, expliqua-t-il. Je ne pense pas que vous ayez retiré de chez le notaire l'argent qu'on vous a légué. Je vous épargnerai cette peine. Une simple signature me suffira... Voici...

Il tendait le papier, allait chercher un porteplume et de l'encre. Juliette secoua négativement la tête.

— Je ne me prêterai pas à cette odieuse comédie, déclara-t-elle.

De Vendœuvres se croisa les bras.

— Ah! non? fit-il.

— Non, dit Juliette, farouche.

— Alors, il faut changer de gamme?

— Laissez-moi partir.

Le triste vieillard se fouilla, brandit un revolver.

— Il y a six cartouches là dedans, dit-il. Six balles, et je suis résolu.

« Dans la situation où nous sommes, vous et moi, nous jouons l'un et l'autre notre va-tout.

« Que vous acceptiez de signer ou que vous refusiez, c'est tout un pour moi.

« Si je vous laissais aller, votre premier soin serait d'informer la justice.

« Il faut donc, de toute nécessité que je disparaisse.

« Or, je ne disparaîtrai que lorsque j'aurai ce que je veux. Ce serait trop bête de courir les poches vides.

« Fuir pour fuir, je veux fuir pour quelque chose.

« Je vous donne le choix entre la fortune ou l'existence. Si vous préférez, je vous demande la bourse ou la vie.

« Je vous le répète, je suis résolu.

« Vous avez un quart d'heure pour vous décider.

« Dans quinze minutes, ce sera oui ou ce sera non. Si c'est oui, vous apposez votre nom au bas de ce papier, je me retire, et nul ne vous inquiétera plus. Vous pourrez aller, venir, disposer de votre personne et de votre temps, écrire à votre petit Gaston chéri qui, soit dit en passant, n'est qu'un niais.

— Un prince de la niaiserie, souligna Cécile.

— Si c'est non, poursuivit de Vendœuvres, adieu la lumière et le soleil. Bonsoir les amours. Je vous envoie sans hésiter au pays des ténèbres.

Juliette, atterrée, demeura sans voix.

La menace brutale et cynique du vieillard avait sonné comme un glas dans la chambre fumeuse. La Bella se croisait les bras et mangeait du regard la femme à laquelle elle vouait une haine implacable parce qu'elle était aimée de l'homme sur qui elle, Cécile, avait jeté son dévolu.

Le silence de Mme de Vendœuvres révélait une angoisse intense.

Cécile voulut y joindre la douleur dans ce qu'elle a de plus aigu.

— Oui, ma fille, dit-elle d'un ton de triomphe, vous êtes à notre merci.

« La grande dame est tombée dans le piège, dans les piéges, plutôt.

« Vous sortirez d'ici pauvre; vous y étiez déjà entrée bafouée.

« Le Gaston de vos rêves vous a toujours trompée. Oh! il m'a trompée aussi... Nous sommes égales dans le dépit. Sa maîtresse adorée se nomme Marguerite. Vous ignoriez ce détail, apparemment...

Juliette haussa les épaules et regarda la chanteuse.

Elle ne croyait plus à la culpabilité de Gaston. Mais elle était stupéfaite d'entendre la fausse paysanne parler de Marguerite.

Raguenal avait pris part à la mise en scène de Paris, à n'en pas douter.

La prisonnière se posait la question mentalement. Elle tressaillit soudain et crut comprendre.

Raguenal avait dit, à la gare d'Orsay, qu'il venait d'accompagner au train des amis de Touraine, lesquels habitaient dans les environs de Loches.

Ses « amis » n'étaient autres que la fausse paysanne et son lugubre compagnon.

Raguenal en voulait à la dot de Juliette et comptait sur le prêtre et M. le maire pour s'en emparer.

Econduit, l'homme au gros ventre employait d'autres moyens et stylait des comparses.

Arrivée à cette conclusion, la jeune femme frémit.

Elle n'avait ni écouté ni entendu les railleries que lui décochait Cécile.

La chanteuse, exaspérée de l'impassibilité extérieure de Juliette, multipliait les invectives.

— Oui, tu as beau te draper dans ta dignité de femme du monde... Nous ne te lâcherons pas à si bon marché. Que dis-tu de ce tour, ma petite, qu'en dis-tu?

— J'en dis, fit lentement Juliette, que Raguenal est un grotesque imbécile.

De Vendœuvres et la Bella sursautèrent.

— Hein? s'exclamèrent-ils.

Cette stupéfaction soudaine aussitôt voilée de gaîté bruyante d'autant plus qu'elle était affectée n'échappa point à la jeune femme.

— J'ai touché juste, pensa-t-elle.

— De quel Raguenal parle-t-elle? ironisa de Vendœuvres.

— Je sais tout, articula Juliette. Raguenal a été du complot.

L'affirmation tomba d'aplomb sur le crâne des misérables.

Ils échangèrent un regard d'inquiétude.

— Eh bien, oui! avoua Cécile qui estimait qu'il valait mieux tenir tête à l'orage. Oui, Raguenal était d'intelligence avec nous.

« Marguerite n'a jamais existé que dans notre imagination...

— Ah!... Répétez! répétez! dit Juliette.

— Pardon, intervint de Vendœuvres, le quart d'heure est écoulé. Vos histoires ne sont que des hors-d'œuvre sans intérêt...

— Marguerite était une fable! articulait Juliette extasiée.

— Il y a le papier, l'acte de donation, dit le vieillard en présentant la feuille d'une main un peu tremblante.

Il ajouta sèchement:

— Signez!

Juliette esquissa un geste de dénégation.

De Vendœuvres braqua son revolver.

— Je compte jusqu'à trois, fit-il. Vous êtes libre de choisir entre la mort ou la vie... Un!...

Juliette, horriblement pâle, ne bougeait pas.

— Deux!... grinça le vieillard.

La jeune femme, révoltée par le cynisme de cet homme, eût résisté l'instant d'avant, peut-être, et eût refusé de capituler autant par réaction violente contre le vol odieux dont elle était menacée que parce qu'elle désespérait de la vie...

Mais à présent, elle était sûre de Gaston.

Elle ne voulait plus mourir.

Avant que de Vendœuvres eût lancé aux échos de la chambre le « trois » fatal, Juliette prit le porte-plume...

Elle signa.

Le rire de Cécile se fit nerveux et martelé.

Juliette semblait ne pas se rendre compte qu'elle était ruinée.

Elle sortirait vivante de la maison; elle reverrait

Gaston. Toute sa pensée tenait dans cette certitude et cet espoir.

De Vendœuvres replia le papier, le mit dans sa poche.

— Les minutes sont précieuses, dit-il ensuite. Va retenir une voiture, ma poulette. Je prendrai le train où tu sais. Je t'attends ici... Il faut aller vite... Tu garderas la « pensionnaire » le temps nécessaire, et puis en route pour l'éden.

La Bella ne se fit pas répéter l'invitation. Elle se dirigea vers la porte basse par où était apparu le vieillard et sortit, non sans avoir enveloppé Juliette d'un regard où il y avait de l'insulte et de la joie méchante.

CHAPITRE XI

SECOURS OPPORTUN

En débarquant à Loches, Gaston de la Caillaudière se disait :

— Et maintenant, que vais-je faire ?...

Il n'avait, pour retrouver Juliette, d'autre donnée que le timbre de la poste.

C'était peu.

Pendant le voyage, il avait tourné et retourné toutes les hypothèses que son imagination fertile lui avait suggérées.

Son embarras, loin d'en être diminué, en augmentait au fur et à mesure que se déroulaient les stations du parcours.

Jamais la jeune femme ne lui avait parlé de la Touraine.

Y avait-elle des parents ? des amis ?...

Dans l'imposisbilité de répondre à ces questions, le jeune homme s'en remit au hasard.

— Loches n'est pas une grande ville, songeait-il, et Juliette ne doit point se calfeutrer dans la retraite qu'elle a choisie. Nous nous rencontrerons, nous ne pourrons pas ne pas nous rencontrer... Elle sera bien étonnée de me voir... Elle attend une réponse... Ma présence lui dira mieux qu'une lettre l'ardeur de mes sentiments...

Cependant le train venait de s'arrêter. Gaston descendit, sortit de la gare.

— Je vais commencer par retenir une chambre dans un hôtel, murmura-t-il.

Il passait en revue les maisons recommandées par le Touring Club, sur l'indicateur, et venait d'arrêter son choix, quand il ressentit une commotion soudaine...

Il n'avait pourtant heurté nul fil électrique, n'avait fait nul faux pas, n'avait été bousculé par nul véhicule.

Mais il venait d'apercevoir une femme qu'il ne s'attendait guère à rencontrer en cet endroit.

— Cécile Bella! faillit-il s'écrier. Elle!... ici!... Sa présence cache quelque chose, ce quelque chose que je soupçonne depuis peu...

« Mon instinct m'a conduit du premier coup là où il fallait aller.

« Cécile est moins adroite que je n'aurais pu le supposer. C'est tant mieux pour moi...

La chanteuse n'avait pas vu le jeune homme.

Il faut dire que Gaston, la première seconde d'ahurissement passée, s'était coulé derrière un omnibus en station devant une remise.

Cécile se dirigeait de ce côté justement.

Elle avisa le patron de la remise qui fumait sa pipe sur le pas de sa porte.

— Une voiture... Avez-vous une voiture fermée? demanda-t-elle.

Le patron répondit affirmativement et voulut savoir si c'était « pour tout de suite ».

— Pour tout de suite, oui, dit la Bella.

Le patron héla un cocher. Quelques minutes plus tard Cécile montait dans la voiture et s'éloignait au trot d'un robuste cheval.

Gaston sortit de l'encoignure qui lui servait de cachette. Il aborda le patron.

— Une voiture pour moi... à l'instant, dit-il.

Le patron s'inclina en souriant. Les affaires marchaient bien, décidément.

— On va faire atteler, déclara-t-il.

— Dépêchez-vous, pria Gaston.

— Que ces gens sont pressés! songeait le patron. Puis, curieusement:

— Vous allez au Margat aussi? demanda-t-il.

— Plaît-il? fit le jeune homme.

— Au Margat, vous allez?... La voiture qui vient de quitter la remise y va... alors, comme la personne n'est pas de Loches, et que vous êtes étranger aussi...

— Bien déduit, articula Gaston. Pressons, pressons...

Le patron se rengorgea et alla stimuler le garçon d'écurie.

Bientôt de la Caillaudière prit place dans le coupé qu'on lui louait et roula vers le Margat.

De la portière, et quand on eut quitté la ville, il héla le cocher.

— Vous ne voyez rien, devant nous?

— Si fait, monsieur. J'aperçois la voiture de chez nous qui est sortie un peu avant que vous ne veniez. Elle a pas mal d'avance.

— Un bon pourboire si vous comblez cette avance-là, dit Gaston.

— Bien, monsieur. Vous allez voir...

Le brave cocher enveloppa son cheval d'un magistral coup de fouet, et la voiture se mit à rouler plus vite. Elle s'enfonça peu après dans les bois.

Gaston, inquiet, demanda:

— Gagnons-nous?

— Oui, monsieur.

— Mais le chemin tourne, et...

— Ça ne fait rien, monsieur. Je connais le pays, allez!... Nous les tenons... Regardez... les voici!

La voiture de la Bella n'était pas à plus de cinquante mètres en avant. Le cocher de Gaston rayonnait.

— Faut-il les dépasser, monsieur?

— Non! non! Rapprochez-vous encore un peu et suivez. Quand ils s'arrêteront vous vous arrêterez aussi...

— Mais c'est qu'ils tournent à droite, monsieur!

Ils sont dans un chemin creux où l'on ne va plus
qu'au pas...

— Arrêtez, dans ce cas, fit le jeune homme.

La voiture stoppa. Gaston sauta lestement à terre.

— Attendez-moi dans les environs, dit-il.

— Jusqu'à quand, monsieur? Serez-vous longtemps
absent? Je vous demande ça rapport au cheval, n'est-
ce pas...

— Je ne puis vous répondre, sourit de la Caillaudière. Je n'en sais rien du tout. Attendez jusqu'à ce
soir et, si je ne reviens pas, retournez-vous-en.

Le cocher crut que le voyageur plaisantait.

— Voici, fit Gaston en tirant de son portefeuille
un billet, pour vous dédommager de votre peine.
Gardez tout...

Le cocher eut un éblouissement.

— Je vous attendrai jusqu'à demain si vous voulez,
dit-il.

Gaston s'était déjà éloigné.

Il s'engagea dans le chemin creux qu'avait pris la
Bella et se mit à courir.

Les roues de la voiture qui emportait la chanteuse
avaient imprimé leur trace dans l'herbe dont le chemin, très peu fréquenté, était par endroits recouvert.

Le jeune homme n'alla pas loin.

A un détour il aperçut la voiture, arrêtée devant
une barrière. Derrière le portail rustique il y avait
un jardin, et derrière le jardin un pan de mur gris,
une vieille maison...

De la Caillaudière se dit que puisque la voiture
ne bougeait pas, c'est que quelqu'un allait s'embar-
quer.

Il manœuvra pour voir sans être vu.

Une double haie touffue dominait les talus entre
lesquels le chemin serpentait.

Le jeune homme s'enfonça dans l'une d'elles, la
traversa au risque de se meurtrir et de déchirer ses
vêtements.

Quand il fut de l'autre côté, il put approcher de la
maison.

A peine s'était-il blotti non loin de la barrière
qu'il vit apparaître Cécile et un homme.

Tous deux conversaient avec animation.

L'homme baissait la tête et Gaston ne pouvait distinguer ses traits. Ce ne fut que lorsque le couple passa devant la barrière, en pleine lumière, que de la Caillaudière put détailler le compagnon mystérieux.

Alors il tressaillit.

Le cambrioleur!... C'était le chauffeur cambrioleur!... Celui qui prétendait se nommer M. de Vandœuvres!

Le jeune homme ouvrait de grands yeux et cherchait à comprendre.

L'homme et Cécile étaient d'intelligence!

L'homme faisait ses adieux à la chanteuse et lui prodiguait des recommandations.

Des bribes de phrases arrivèrent aux oreilles de Gaston.

Succès complet... notaire... fais bonne garde.

Ces derniers mots frappèrent le jeune homme comme d'un trait de lumière.

Le cambrioleur et Cécile allaient se séparer.

Gaston, qui hésitait deux secondes auparavant pour savoir s'il s'attacherait aux pas de l'homme ou s'il surveillerait la Bella, s'arrêta à cette dernière décision.

« Fais bonne garde! »

Garder qui?

Juliette, évidemment.

Vandœuvres, grimé, monta dans la voiture et s'éloigna. Cécile fit demi-tour, rentra dans le jardin. Elle s'apprêtait à refermer le portail quand soudain elle pâlit.

Gaston se dressait à l'improviste devant elle.

— Vous ne m'attendiez pas? fit le jeune homme.

— De la Caillaudière! s'effara-t-elle tout haut. Où es-tu?... D'où venez-vous?...

— Je tombe du ciel, madame; ou plus exactement je réponds à votre invitation.

— A mon...

— Parfaitement. Vous m'avez écrit.

— Moi?

— Vous. Je sais votre lettre par cœur, une lettre signée de votre main. Et comme vous me disiez que vous souffriez, que vous mouriez d'angoisse, je n'ai pas hésité plus longtemps, je suis venu.

— Quelle plaisanterie!... quelle... balbutia Cécile dont l'embarras était visible.

— Ma chère Marguerite, sourit Gaston, pour vous rencontrer, j'aurais bravé le flot et les tempêtes.

La Bella, de pâle qu'elle était, devint rouge.

— Je vous félicite, poursuivit le jeune homme, si tant est que le mensonge et la fourberie aient droit aux félicitations. Vous employez de belles armes, en vérité. Je ne vous en veux point, malgré le complot que vous avez ourdi...

— Vous parlez chinois, essaya d'articuler la chanteuse.

— Ah! ah! fit Gaston.

— Je ne vous comprends pas du tout.

— Tiens! tiens!

— Et d'abord, que venez-vous faire en ce lieu?

— Vous aider à monter la garde.

La Bella domina le tremblement qui menaçait de s'emparer d'elle.

— Vous êtes fou, dit-elle. Voilà que vous parlez de garde, à présent.

— Je ne fais en cela qu'imiter le filou qui vient de vous quitter. Ses paroles avaient pour moi un sens très clair. Vous vous êtes lancée dans une aventure dangereuse, voyez-vous.

Cécile considéra son interlocuteur avec inquiétude.

— De plus en plus ténébreux, ricana-t-elle.

— Faut-il mettre les points sur les i? Je n'ai pas quitté Paris pour le plaisir de respirer l'air de la Touraine. Vous avez eu entre les mains une lettre de Mme de Vendœuvres.

— Et après?

— Laissez-moi dire. Vous avez pour associé un homme abominable que je me repens de n'avoir pas déjà livré à la justice. Mais la chose ne saurait tarder.

— A la justice!

— Mme de Vendœuvres désire entrer en communication avec moi. Vous vous êtes, vous, interposée entre nous deux.

« Vous savez où est Mme de Vendœuvres. »

Gaston s'arrêta. Cécile dit lentement:

— Oui, je le sais.

— J'attends, fit de la Caillaudière.

— Rien ne me force à vous donner l'adresse.

— Croyez-vous?

— Néanmoins, pour vous être agréable...

— Et aussi parce que je vous tiens...

— Je veux bien satisfaire votre curiosité.

Le visage de Gaston exprimait l'ironie dédaigneuse. Celui de la chanteuse la crainte astucieuse et la haine.

— Eh bien? demanda le jeune homme.

— Votre Dulcinée est presque notre voisine, dit la Bella. Tournez les talons, prenez ce chemin-ci, obliquez à droite et vous arriverez au domaine que Mme de Vendœuvres a choisi comme lieu de villégiature.

Gaston prit note du renseignement. Il salua sèchement Cécile et s'en fut par le chemin indiqué.

Cécile eut dans son dos un rire muet effrayant de duplicité.

— Va, songeait-elle, patauge, erre, égare-toi. Je t'ai donné un renseignement faux. Les heures sont précieuses et travaillent pour nous aujourd'hui.

« De Vendœuvres ne doit pas être éloigné de Loches. Il arrivera à Paris et touchera notre argent demain...

« Et moi, demain, je serai loin...

« Allons voir ce que fait notre mijaurée. »

La Bella traversa le jardin, regagna la maison.

Gaston, pendant ce temps, suivait la route que lui avait tracée la chanteuse.

Il s'enfonça dans un bois, marcha longtemps, longea des fourrés...

Pas la moindre habitation.

Il commença à soupçonner la Bella de l'avoir trompé. Il voulut revenir sur ses pas.

Mais, en forêt, rien ne ressemble plus à un sentier qu'un autre sentier. Le jeune homme, qui n'avait pas songé à s'orienter à l'aller, comprit bientôt que, sans guide, il ne retrouverait pas le Margat sans tâtonner.

Il était désappointé et furieux.

A un certain moment, il entendit parler non loin de lui. Il continua d'avancer et se trouva, au détour de l'étroit chemin, face à face avec une dame âgée et un monsieur corpulent.

Il n'avait vu la dame de sa vie, mais il éprouva une grosse surprise en reconnaissant Raguenal.

De son côté, Raguenal eut un haut-le-corps.

— Tout s'explique! clama-t-il.

— Vous dites? fit Gaston sans même saluer.

Raguenal se tourna vers Mme Lovel qui l'accompagnait:

— Regardez! dit-il, regardez!... Et nous qui... Ah! c'est un peu fort!

Le gros homme et Mme Lovel, on s'en souvient, avaient constaté, au moment de se mettre à table, que Juliette n'était pas dans la maison.

Ils l'avaient cherchée dans le parc, par acquit de conscience, l'avaient ensuite appelée à tous les échos.

Juliette n'avait pas répondu, ne s'était pas montrée.

Cette absence imprévue, voire extraordinaire, devenait inquiétante.

Mme Lovel proposa qu'on cherchât la jeune femme dans les environs.

— Pourvu qu'il ne lui soit rien arrivé de fâcheux! soupirait-elle.

Elle se mit en campagne avec Raguenal, qui eût préféré un bon déjeuner à cette promenade supplémentaire.

Le gros homme, vaguement inquiet, lui aussi, mais pour des raisons autres que celles qui dominaient Mme Lovel, s'épongeait le front, geignait, soupirait...

— Mais où donc est-elle? soufflait-il. C'est inouï, insensé!

Il ne croyait pas à un accident.

Il redoutait plutôt une fuite.

Comme il traversait une allée, il s'écria:

— Ça y est! Elle lève le pied!...

— Vous dites? fit Mme Lovel.

— Vous ne voyez donc pas la voiture? glapit Raguenal.

Un coupé attendait sous les arbres. Le gros homme courut au cocher:

— Que faites-vous là? demanda-t-il.

— Je me repose, dit le cocher.

— Vous attendez quelqu'un?

— Oui.

— Qui?

Le cocher, à qui la tête de Raguenal ne revenait pas, tourna le dos au questionneur et se mit à siffler.

— Me répondrez-vous? dit le gros homme.

Le cocher haussa les épaules.

— Vous constatez? glapit Raguenal en se tournant vers Mme Lovel. Cet individu n'est là que parce qu'il y a été appelé. Appelé par qui? L'absence de votre fille me semble une réponse assez claire.

— Juliette aurait donc voulu me quitter? fit Mme Lovel d'un air pincé. Elle aurait essayé de me tromper?... Je veux en avoir le cœur net.

« Elle ne doit pas être loin... cherchons. »

Ils s'éloignèrent de la voiture et battirent tous les carrefours des environs.

Juliette ne se montrait point. La voiture restait au même endroit. Raguenal et Mme Lovel s'enfoncèrent dans un chemin encaissé où la jeune femme pouvait très bien se tenir cachée.

Et voilà que tout à coup, au moment où ils commençaient à désespérer de rencontrer âme qui vive dans ce coin de forêt silencieuse, ils tombaient sur Gaston de la Caillaudière!

Mme Lovel ne connaissait pas le jeune homme. Mais l'attitude de Raguenal lui fut comme une révélation.

— Tout s'explique! répétait le gros chauve. C'est un peu fort!... Oh! vous faites l'ahuri, mais nous savons tout!

Gaston, sincèrement étonné, ne songea pas à relever l'impolitesse de Raguenal.

— Vous savez tout? dit-il.

— Oui, monsieur, tout! inutile de ruser.

— Eh! qui vous parle de ruser?

— Vous venez enlever Mme de Vendœuvres!

— Enlever est de trop, monsieur. Je viens voir Mme de Vendœuvres et je ne m'en cache nullement.

Raguenal pâlit.

— Vous entendez, madame, fit-il, ce n'est pas équivoque.

— Je vous trouve bien osé, monsieur, intervint Mme Lovel en toisant Gaston, de poursuivre ma fille de vos assiduités après ce qui s'est passé... Juliette s'est confessée à moi. Elle se repent d'avoir écouté vos serments, ces serments que vous prodiguez aux quatre points cardinaux. Ma fille méritait mieux, monsieur, que de rencontrer un... un chevalier de votre espèce...

— Très bien! dit Raguenal.

— Elle vous a peut-être aimé, poursuivit Mme Lovel, mais aujourd'hui elle vous méprise et vous déteste.

Gaston avait écouté jusqu'au bout sans sourciller.

— Je sais que Juliette m'a méprisé et détesté, répondit-il d'une voix calme. Il y a eu, entre nous, un malentendu heureusement dissipé à l'heure actuelle, si j'en crois la lettre que j'ai reçue. Cette lettre accuse presque formellement quelqu'un qui n'est pas loin de vous, madame... Je ne vous fais pas l'injure de supposer que vous êtes au courant des intrigues de ce quelqu'un. Je n'accuse personne pour le moment. Je veux, auparavant, entendre madame votre fille et je compte sur vous pour que l'explication ait lieu au plus tôt.

Raguenal se mordait la lèvre et plissait le front.

Mme Lovel, qui savait le rôle joué par le gros homme et qui, de ce fait, était sa complice moralement, affecta un air de dignité outragée.

— J'ignore et veux ignorer ce que vous voulez dire, fit-elle. Juliette s'abuse, et sa faiblesse la rend indulgente à votre endroit. Le cœur féminin est un trésor de bonté, vous le savez, vous voudriez en profiter pour rentrer en grâce. Heureusement pour ma fille, je veille, monsieur. Je ne permettrai pas qu'un homme volage devienne mon gendre. Je ne doute pas que votre ingéniosité à vous disculper vous ait fait découvrir quelque merveilleuse explication... qui ne paraîtra merveilleuse qu'aux sots. Et pour commencer, je vous soupçonne fort de nous cacher le principal motif de votre présence dans ce bois...

— Moi?

— Vous attendez Juliette...

— Permettez!... je...

— Juliette n'est plus à la maison.

Gaston tressaillit.

— Juliette n'est plus...

— Vous le savez fort bien, dit amèrement Mme Lovel.

Le jeune homme songeait à tout autre chose qu'à se disputer. Il demanda:

— Pour aller au Morgat, quel chemin, je vous prie?

— Tout droit, fit Raguenal. Mais pourquoi cette question?

Gaston ne répondit pas. Il avait déjà tourné le dos à ses interlocuteurs et s'éloignait à grandes enjambées.

— C'est au Morgat qu'ils ont rendez-vous! s'exclama le gros homme.

Mme Lovel était perplexe.

— Croyez-vous qu'il sache quelque chose? articula-t-elle.

— Lui? sourit Raguenal. Que voulez-vous qu'il sache? Je l'ai brouillé avec Juliette, c'est vrai, mais je m'y suis pris adroitement. Je vous assure qu'il ne découvrira jamais l'auteur des lettres que j'ai fait fabriquer.

Mme Lovel respira.

— En somme, dit-elle, Juliette est au Morgat, et nous, nous pouvons continuer à accuser de la Caillaudière. La victoire ne nous échappe pas encore, Raguenal.

— A la condition que la voiture rencontrée tout à l'heure n'emporte pas votre fille et le jeune homme, madame.

— Nous allons aviser, fit vivement Mme Lovel. Dussé-je me cramponner au mors du cheval, l'enlèvement n'aura pas lieu. A têtu, têtu et demi.

Raguenal et sa compagne se hâtèrent de rallier le carrefour près duquel le cocher et son attelage se tenaient toujours.

CHAPITRE XII

DE LA HAINE, DE L'ANGOISSE… ET DU BONHEUR

Après avoir embarqué de Vendœuvres ainsi qu'on l'a vu et détourné l'orage imprévu que la présence inopinée de Gaston semblait devoir faire naître, la Bella s'était acheminée vers la maison déjà connue des lecteurs, y était entrée, s'était de nouveau convertie en paysanne.

La triste créature tira ensuite de sa poche une clef, ouvrit, pénétra dans la chambre fumeuse où Juliette était demeurée.

— Et maintenant? questionna la prisonnière, me laissera-t-on aller?

La Bella manifestait une gaîté féroce.

— Vous rendre la liberté? Comment dites-vous, ça, ma petite?… Il faut laisser aux gens le temps de passer chez M. le notaire. Demain vous serez libre, pas avant.

Dominant la répulsion dont elle était saisie depuis l'apparition de l'homme au masque, Juliette dit en regardant bien en face le démon femelle qui la torturait:

— Si j'avais votre cupidité, sans doute m'empresserais-je de télégraphier à la préfecture de police en sortant d'ici. Mais l'argent n'est pas mon dieu et, pour ma sécurité, pour ma tranquillité aussi, je vous promets de ne pas inquiéter M. le bandit dont vous êtes la digne comparse. Je…

— Des insultes! glapit la Bella. Oh! oh! ma petite, votre fierté aristocratique glisse sur mon épiderme, sachez cela. Vous avez un nom à particule? Et après? Les nobles sont aussi fripouilles que la canaille quand ils s'en mêlent. Parbleu, je lis dans votre pensée… Vous ne vous croyez pas ruinée; vous vous imaginez

que Gaston vous épousera bien que vous n'ayez plus
le sou.

« Erreur, ma godiche. Erreur profonde.

« Sachez que Gaston est ici.

— Ici! ne put s'empêcher de s'écrier Juliette.

— Parfaitement. Je le quitte à la minute.

— Vous mentez.

— La foudre me réduise en cendres si je mens!
dit Cœur-de-Marbre avec une telle sincérité que Juliette en demeura troublée. Il venait pour vous voir,
ma mie... Il m'a rencontrée.

— Ici! Gaston veut me voir!... Laissez-moi partir.
J'oublie tout, je pardonne tout! Gaston a reçu ma
lettre, et vous aviez menti...

— Qu'il ait reçu votre lettre, c'est ce que j'ignore.
Mais de la Caillaudière est venu. Je l'ai mis au courant de la situation...

— Plaît-il?

— Je lui ai dit que vous veniez de céder votre fortune...

— Sous la menace du revolver!

— Yes, sous la menace. Il s'est indigné...

— Ah! je le reconnais bien là!

— Indigné... Attendez!... Indigné que vous n'ayez
pas résisté. Il vous a accusée d'impardonnable lâcheté et il est parti.

— Ce n'est pas vrai! dit Juliette.

— Je vous jure qu'il est parti... Il vous abandonne.
Il s'est tenu un raisonnement facile à discerner, ce
jeune homme. Le premier venu peut vous arracher
une signature... Aujourd'hui votre argent, demain le
sien... Et puis, entre nous, je ne le crois pas des plus
désintéressés. Il affectait de vous aimer pour vous-
même. Mais vous remarquerez qu'il ne s'est présenté
chez vous qu'au lendemain de votre héritage.

Juliette se redressa:

— Je suis bien bonne d'écouter vos billevesées!
articula-t-elle. Vous êtes une menteuse, une créature
sans foi ni loi.

— Petite misère! rugit la chanteuse. Et toi,
qu'es-tu?

— Je vous méprise.

— Je te hais!

— Vous bavez, vous essayez de baver, plutôt, sur quelqu'un que vous n'atteignez pas.

La Bella frappa du pied.

— Les choses vont se gâter! grinça-t-elle.

Juliette, pâle, mais en apparence très calme, dit:

— Vous ne me faites pas peur. Au fond, c'est vous qui avez peur de moi. Vous me redoutez, vous êtes prisonnière de votre crime, et vous n'osez ouvrir la porte de cette maison. J'ai l'air vaincue, et je tiens votre sort entre mes mains...

Cécile, blême, à court d'invectives, allait se précipiter sur Juliette quand trois coups retentirent contre la porte donnant sur le jardin.

En même temps une voix mâle s'élevait:

— Ouvrez!...

La Bella sursauta.

Juliette poussa un cri de joie.

— Enfin!

Cécile ne bougeait pas. La voix reprit plus fort:

— Ouvrez, ou j'enfonce!

La chanteuse subjuguée, s'approcha de la porte en tremblant.

— Qui est là? demanda-t-elle bien qu'elle sût parfaitement quel était le visiteur.

Un coup sourd et puissant dans le panneau du bas lui répondit.

La Bella, soudain affolée, fit demi-tour, traversa la pièce en courant, se rua sur la seconde porte...

Mais elle l'avait elle-même fermée à clef pour que Juliette ne sortît point.

Elle se fouilla pour atteindre cette clef, se trompa de poche, perdit cinq secondes...

Un fracas de bois brisé ébranla l'intérieur de la chambre.

Le panneau venait de céder. Gaston se glissa par l'ouverture.

Bien qu'il passât sans transition du grand jour à la pénombre, il aperçut tout de suite Juliette et la femme qui essayait de s'enfuir.

Il courut à cette dernière.

— Halte! cria-t-il en la saisissant par le bras et en la forçant à revenir au centre de la pièce.

Juliette, anéantie de surprise heureuse, s'était laissée tomber sur une chaise.

— Je... ne croyez pas... balbutiait la Bella.

— Votre maîtresse... où est celle pour qui vous travaillez? questionna Gaston trompé par les vêtements de paysanne dont Cécile s'était affublée.

— Ma maîtresse... oui... je vais la chercher, dit la chanteuse en contrefaisant sa voix.

Juliette, frappée de ce détail, se dressa, frémissante:

— On nous a joués! s'écria-t-elle. Cette femme dissimule! Elle te connaît!

Gaston lâcha le bras de Cécile et, d'un geste prompt, fit sauter la coiffe qui lui dissimulait aux trois quarts le visage.

— Horreur! s'écria-t-il. Je m'en doutais.

La Bella demeura sans voix. Elle baissait la tête et courbait le dos comme si elle avait craint de recevoir des coups.

— Je ne m'abaisserai pas à vous frapper, dit Gaston. Filez!

Cœur-de-Marbre, tremblante, n'eut pas plus tôt entendu cet ordre qu'elle obéit sans demander son reste.

Elle se faufila par l'ouverture que le jeune homme avait pratiquée et disparut.

Gaston et Juliette tombèrent dans les bras l'un de l'autre.

— Mon aimé, pardonne-moi, dit-elle d'une voix brisée d'émotion. Je t'accusais, toi!... J'étais sincère... Hélas! On nous avait tendu un piège!

— Je ne le vois que trop, fit Gaston en écho. Je t'accusais aussi, je m'imaginais que tu ne m'aimais plus...

— Oh! mon ami!

— Je t'ai cherchée à Paris; je suis allé chez toi, un soir... Je me suis heurté à un homme qui fracturait le coffre-fort de ta chambre...

Juliette s'exclama:

— Qui fracturait!... Tu dis?

— Je l'aurais fait arrêter sur-le-champ s'il ne m'avait affirmé qu'il était chez lui et qu'il y régnait en souverain maître.

La jeune femme se prit à trembler.

— Ah! soupira-t-elle, il t'a dit... Mais c'est horrible, horrible!...

Gaston pâlit.

— Serait-ce vrai? demanda-t-il. M'aurais-tu caché...

— Je ne t'ai rien caché, rien, affirma-t-elle. L'homme était un imposteur. Je suis libre, Gaston, je suis veuve. M. de Vendœuvres est mort.

Le jeune homme se rasséréna.

— Alors, fit-il, pourquoi cet effroi?...

— Parce que le voleur qui sort d'ici avait une voix de cauchemar. Je ne t'ai pas tout dit, Gaston. J'ai été assaillie dans cette maison, où la femme que tu as vue m'avait entraînée par ruse... Cette femme, je l'ai aperçue, si je ne me trompe, à Paris, en face de chez moi... C'est Cécile Bella, n'est-ce pas?

— C'est elle. Une reptilienne créature.

— Son associé mystérieux m'a fait trembler de terreur. Sa voix me donnait le vertige. Je croyais, Dieu me pardonne, que c'était mon mari qui revenait... Il était masqué...

— Je le connais, assura Gaston. Il a servi chez moi comme chauffeur.

Juliette eut un rire nerveux. Puis:

— Tu vois que j'étais folle, articula-t-elle en plongeant son regard dans celui de Gaston. Le misérable m'a extorqué ma signature... Il roule vers Paris en ce moment; il va chez mon notaire s'emparer de mes biens. Je n'avais le choix qu'entre la mort et la capitulation... La Bella m'a avoué qu'elle était complice de Raguenal... C'est Raguenal qui a noué le drame. Il désespérait de m'épouser.

— Et il n'a pas renoncé à s'emparer de la... compléta Gaston. Le chauffeur-cambrioleur n'a été que l'instrument méprisable d'un voleur, et la chanteuse a trempé dans le complot pour s'offrir une seconde fois le luxe de te ruiner. Je connais la Bella depuis longtemps; je sais ce dont elle est capable et jusqu'où elle peut pousser l'ignominie. Mais je ne croyais pas Raguenal si perverti.

De la Caillaudière, trompé par les apparences, de

pensait point que Raguenal pouvait n'être dans toute cette affaire qu'une simple dupe.

— Raguenal ne triomphera pas, ajouta Gaston. Et d'abord, sortons d'ici.

— Je veux que tu viennes au domaine, dit Juliette. Je te présenterai à ma mère et nous lui expliquerons tout... A moins que...

— A moins que?... dit Gaston.

— A moins que tu ne veuilles plus de moi, qui suis présentement ruinée...

Le jeune homme se récria:

— Ruinée?... Tu ne l'es pas, d'abord. Et quand tu le serais?... C'est toi que j'aime, toi seule... Faut-il, comme gage de mon amour, que nous laissions courir les voleurs? Mon sens de la justice se révolte à cette idée, mais je n'agirai que selon tes vœux. Parle...

— Ma dot doit être à nous, dit Juliette.

— Elle n'ira pas à d'autres, assura Gaston.

Ensemble ils quittèrent la maison maudite. Juliette se souvenait parfaitement du chemin qu'elle avait pris pour venir, et elle conduisit le jeune homme à la demeure choisie comme lieu de villégiature.

— Je ne vois pas maman, dit Juliette.

— Mme votre mère vous cherche partout, fit la vieille cuisinière accourue.

Mme Lovel et Raguenal arrivaient à cet instant.

Le gros homme tressaillit en voyant de la Caillaudière.

— Aïe! pensait-il, les choses vont se gâter.

Dans le bois, une demi-heure auparavant, Raguenal montait la faction à un carrefour, derrière un arbre, tandis que Mme Lovel surveillait un chemin voisin, quand il avait aperçu Cécile Bella.

La chanteuse courait et se retournait parfois. Elle ne voyait pas Raguenal.

— Psst! fit ce dernier.

La Bella, loin de s'arrêter, redoubla de vitesse.

— Hé! là! Cécile!... C'est moi, Raguenal!... Où vas-tu?

Cœur-de-Marbre s'arrêta net.

— Je me sauve, souffla-t-elle, nos affaires ne vont

plus. Je consentais à garder ta tourterelle, mais non à encaisser des coups...

— L'on t'a battue?

— Presque.

— Qui?

— Lui, le jeune fou furieux. Je m'en vais. Bonsoir. Il sait tout. Il t'écrasera s'il te rencontre.

Raguenal se mit à trembler. Il eût volontiers suivi Cécile. Déjà il se demandait s'il ne plantait pas là le domaine et ses locataires, quand Mme Lovel apparut.

— Je crois que je vois Juliette! dit-elle. Elle se sauve...

— Où donc?

— Là-bas!...

Mme Lovel avait la vue basse. Elle désignait, du doigt, la chanteuse dont la silhouette mouvante se profilait sur les frondaisons de second plan.

— J'ai vu passer cette femme aussi, articula Raguenal. C'est une fermière du Margat.

— Je n'y comprends rien, dit Mme Lovel. Je suis à bout de forces.

— Rentrons, proposa Raguenal, nous déjeunerons enfin et j'irai surveiller les abords de la gare de Loches. Ni Juliette ni de la Caillaudière ne s'en iront sans que je les voie.

— Mais ce sont eux! s'écria Mme Lovel en apercevant les jeunes gens dans le parc. Comment, ma fille, tu oses donner rendez-vous à... et vous, monsieur. Qui vous a autorisé...

— Pardon, madame, coupa Gaston, souffrez que je m'adresse au voleur qui vous accompagne.

Raguenal se redressa:

— Voleur, moi, monsieur? Ah! ça, je ne permettrai pas...

— Ne criez pas si fort, dit Gaston. Vous avez, de concert avec Cécile Bella, fabriqué des faux qui ne témoignent guère en faveur de votre propreté morale. De plus, Juliette vient d'être victime d'une abominable agression, d'un chantage monstrueux dont vous comptiez retirer le plus grand profit. J'arrive assez tôt, heureusement.

— Je ne vous comprends pas, fit Raguenal.

— Vous avez l'entendement difficile, railla Gaston. Je précise donc, moins pour vous instruire des choses que vous connaissez déjà que pour éclairer la religion de Mme Lovel, avec qui vous entreteniez jusqu'à ce jour des relations de sympathie.

« Juliette vient de signer un papier qui la ruine, qui la ruinerait plutôt si nous n'y mettions ordre...

— Hein? fit Mme Lovel.

— Un papier? mâcha Raguenal.

— L'homme masqué que vous employez à des tâches aussi louables n'ira pas loin, dit Gaston. La police va s'occuper de lui... et de vous par contre-coup.

Raguenal devint blanc comme un linge.

Il n'était pour rien dans l'extorsion de fonds signalée par le jeune homme, et il devinait le rôle double joué par Cœur-de-Marbre.

Mais il se dit que la justice ne s'occuperait pas de cette affaire sans qu'il s'y trouvât impliqué, ne fût-ce qu'à cause des lettres.

Il bégaya d'une voix mal assurée:

— Sur la tête de mes ancêtres, je vous jure que vous allez trop loin dans vos accusations.

« J'ai essayé de vous séparer de Juliette, c'est vrai, je l'avoue... J'avais l'appui de Mme Lovel... je me flattais de devenir l'époux de Mme de Vendœuvres... En amour, toutes les armes me semblaient permises... Je me suis servi de Cécile Bella... mais le coup de force, le papier, la signature... non... D'ailleurs, je me retire... Je ne veux plus lutter, puisque Mme de Vendœuvres se prononce en votre faveur... Soyez discret, je vous prie. Plaignez-vous à la police, sollicitez, entreprenez telles recherches qu'il vous plaira, mais, pour Dieu, ne parlez pas des lettres. C'est une chose à part, tout à fait à part...

Raguenal s'éloignait à reculons. Mme Lovel, écrasée de ce qu'elle venait d'entendre, n'eut pas un mot pour le retenir.

Juliette et Gaston se regardèrent après que le gros homme eut disparu derrière le mur du parc.

Les paroles de Raguenal renouvelaient l'angoisse qui les avait étreints l'un et l'autre, lui à Paris, elle au Margat.

Ils avaient cru à un drame unique.

Or, Cécile menait deux actions de front.

Le cambrioleur de Paris, le chauffeur d'un jour, l'homme au masque devenait une énigme troublante.

Gaston tremblait qu'une catastrophe soudaine ne vînt briser ses rêves de bonheur.

Juliette n'était pas moins alarmée.

Elle ne croyait pas aux fantômes. Elle eût volontiers abandonné sa fortune au bandit, — qui ne tenait pas à se faire connaître, — pour vivre désormais avec l'aimé.

Gaston, qui lut dans le cœur de la jeune femme, lui dit:

— Non, Juliette, ce serait lâche... Il faut aller jusqu'au bout. Ne rusons pas avec nous-mêmes.

— Tu as raison, articula Juliette avec effort.

Mme Lovel demanda:

— Quelle lâcheté? Quelle ruse?

— Vous ne sauriez nous comprendre, répondit Gaston.

La mère de Juliette, qui avait beaucoup à se reprocher, vit dans les paroles du jeune homme une menace indirecte.

— Je vous affirme que je n'ai rien fait qui... commença-t-elle.

Gaston la rassura.

— Il ne s'agit nullement de vous, madame. Les aveux de Raguenal témoignent de l'antipathie que vous nourrissez à mon endroit, antipathie que j'ai conscience de n'avoir point méritée. Je ne vous en veux pas. Je suis trop jeune pour vous dire que je vous pardonne; mais il m'est toutefois permis d'espérer que vos sentiments changeront avec le temps, quoi qu'il puisse advenir.

Mme Lovel, désorientée, vaguement honteuse, chercha le mot qui lui permettrait de battre en retraite honorablement.

— Je n'ai agi que dans l'intérêt de ma fille, dit-elle. J'ai pu me tromper... Nul n'est infaillible...

— Nous n'avons pas à mettre en doute la pureté de vos intentions, articula Juliette d'un ton respectueux voilé de discrète ironie.

Mme Lovel tendit la main à Gaston.

— Que les erreurs passées soient oubliées, fit-elle.

Le jeune homme acquiesça de grand cœur. Quelques instants plus tard il quittait le domaine.

Juliette, partagée entre le bonheur et l'angoisse, le regarda s'éloigner.

. . . .

Sur la route poudreuse dont l'interminable lacet traînait sa blancheur éblouissante par les champs et les prairies, l'auto ronronnait et filait...

Gaston avait eu la chance de trouver à Loches un loueur de voitures automobiles.

Les kilomètres succédaient aux kilomètres, les bourgades aux bourgades.

En dépit de la vitesse à laquelle on allait, de la Caillaudière s'impatientait... Il consultait sa montre de temps en temps.

— Redoublez! criait-il au chauffeur. Brûlez tout!

Gaston avait sur l'homme au masque quelques heures de retard. Il ne désespérait pourtant pas d'arriver à Paris le premier.

Le soleil baissait à l'horizon... Bientôt le crépuscule épandit son ombre sur la campagne. Puis ce fut la nuit.

L'auto ronflait toujours.

C'était miracle qu'on ne se fût pas écrabouillé à quelque tournant.

Le chauffeur n'en pouvait plus.

A Orléans, il demanda grâce.

Gaston se mit au volant. Il y était encore quand on atteignit la capitale.

Au petit jour, et sans même avoir changé de vêtement, le jeune homme alla sonner chez son notaire.

Celui-ci, qui n'avait pas l'habitude de recevoir ses clients de si bon matin, crut à une catastrophe quand il aperçut de la Caillaudière, hâve, poussiéreux, tremblant de fatigue et d'inquiétude.

— Qu'est-ce? demanda-t-il. Quel malheur vous frappe?...

— N'avez-vous reçu personne hier qui vous ait parlé de Mme de Vendœuvres? s'informa Gaston.

Le notaire sourit.

— Parbleu! fit-il, mes prédictions se réalisent... Je savais bien qu'un jour ou l'autre... Vous avez délégué quelqu'un pour prendre des renseignements?

— On est venu?

— Non pas. Votre homme de confiance s'est endormi, mon cher.

— Il ne s'agit pas d'homme de confiance, dit Gaston, mais bien d'un filou qui a extorqué à Mme de Vendœuvres, sous la menace du revolver, un acte de donation.

— Quoi? fit le notaire. Quelle est cette histoire de brigands?

De la Caillaudière mit son interlocuteur au courant de la situation. L'officier ministériel se montra d'abord stupéfait; puis il s'indigna.

— Qu'il vienne! s'écria-t-il, je le servirai comme il le mérite! Les gendarmes vont avoir de l'ouvrage, et les juges aussi!

Le front de Gaston se barra d'un pli.

— Avant de mettre en branle l'arsenal policier et judiciaire, articula-t-il à voix basse, je vous serais reconnaissant d'essayer d'établir l'identité du voleur. La fortune de Juliette m'importe peu... Je suis assez riche pour deux, vous le savez... Mais je crains, nous craignons qu'une fatalité n'empêche notre union... L'homme assez misérable pour avoir ruiné sa femme de la manière que vous savez est capable de tout... même de revenir l'on ne sait d'où pour tourmenter une innocente... Je vous dirai confidentiellement que Cécile Bella, la chanteuse aux dents longues, a trempé dans le complot... Je ne respirerai à l'aise que lorsque la lumière sera faite sur le sinistre individu... Je compte sur vous. Quelle que soit la vérité, dites-la-moi dès que vous l'aurez apprise...

Le notaire et Gaston en étaient là de leur conversation lorsque le timbre de l'antichambre retentit.

Les deux hommes se regardèrent.

Qui pouvait venir à cette heure matinale, après Gaston, sinon le personnage au masque?

— Je veux que vous assistiez à la réception, dit le notaire. Dissimulez-vous derrière cette bibliothèque.

Le jeune homme ne demandait pas mieux que d'entendre. Il se faufila dans la cachette indiquée.

Moins d'une minute plus tard, de Vendœuvres entrait.

Il avait pris le train à Loches, et l'express de Tours venait de le déposer à Orsay.

Le sinistre vieillard ne voulait pas perdre le bénéfice de l'avance qu'il croyait avoir prise sur « l'ennemi ».

Il pensait que Juliette, aussitôt libre, s'empresserait de parler. Il devait donc agir en hâte pour se soustraire aux recherches dès que l'alarme serait donnée.

Le notaire le salua et s'informa de l'objet de sa visite.

— Je viens pour l'affaire que voici, déclara le visiteur en tendant une feuille de papier.

Le notaire prit la feuille, lut, releva la tête et dévisagea le vieillard.

Celui-ci, grimé d'admirable façon, supporta le regard sans sourciller.

— Le document m'étonne, dit le notaire. Je connais Mme de Vendœuvres, elle me fait l'honneur de me confier ses intérêts. Jamais elle n'a manifesté devant moi l'intention de céder ses biens à qui que ce fût. Qui êtes-vous, monsieur?

— La signature est-elle valable? demanda le vieillard.

— Elle paraît authentique. Vous souffrirez que je demande à Mme de Vendœuvres confirmation de cette décision inattendue.

Le visiteur pâlit sous son fard.

— Vous voudrez bien me dire votre nom? poursuivit le notaire.

De Vendœuvres se déroba.

— La donatrice vous renseignera, articula-t-il d'une voix cassée. Excusez-moi de vous avoir dérangé si tôt... Je croyais... Il ne s'agissait, en somme, que d'un simple versement...

L'attitude du vieillard était celle d'un filou qui

cherche une issue pour fuir. Le notaire articula lentement:

— Je ne m'explique pas du tout, monsieur, du tout, le geste de mon honorable cliente. Il ne pourrait revêtir l'apparence de la saine raison que s'il prétendait obliger un proche parent, un frère, un mari...

— Au revoir, monsieur, dit de Vendœuvres. Je repasserai.

Le vieillard regagna le vestibule et sortit, écrasé de déception. Gaston sortit de sa cachette.

— Permettez que je m'en aille aussi, dit-il au notaire. Nous ne sommes guère plus avancée qu'avant. Je veux poursuivre mon enquête.

— Je crois que c'est inutile, fit l'officier ministériel. J'ai vu M. de Vendœuvres autrefois... Il n'avait pas cette tête-là.

— Vous êtes sûr?

— Archi-sûr.

Gaston frémit de joie.

— Alors, s'écria-t-il, je n'éprouve plus la moindre hésitation... Je sors. Au revoir...

Le jeune homme se retrouva bientôt dans la rue. Il aperçut l'homme au papier qui déambulait, tête basse.

Gaston le suivit.

De Vendœuvres se rendit chez la Bella, où la chanteuse arrivait quelques heures plus tard.

— Ma reine! ma volupté! dit le vieillard, nous partons tous les deux. Enfin!...

— Tu as l'argent? demanda la chanteuse.

— Prépare tes paquets. N'oublie ni ta cassette ni tes bijoux. Il est temps de repasser l'Atlantique...

— S'il est temps? je te crois. C'est le grabuge, là-bas; j'ai été découverte par Gaston et pour ainsi dire chassée. Nous serions dans de beaux draps si tu n'avais pas pris les devants!... Le notaire a été coulant, n'est-ce pas?

— Tes malles, vite.

— Mais le notaire?...

— Je te conterai cela en route. Dépêche-toi, ma perle...

— Où sont les billets?

— Que Myrto mette la main à tes préparatifs.

— Mais les billets? Voyons, montre!...

Le vieillard grimaça.

— Je ne les ai pas, avoua-t-il.

Cœur-de-Marbre pâlit.

— Comment? glapit-elle, tu n'as rien?

— Hélas!... je...

— Et tu es ici?... Vieil âne! Brute épaisse! Voleur manqué!...

— Fuyons! dit de Vendœuvres.

— Fuyons? Ah! ah! ah!... Tu m'as mise dans le pétrin!... Et pour quoi? pour rien, rien, rien!... Sauve-toi! Va-t'en!... Va-t'en ou je te casse la tête!... Va-t'en!...

— Ma Cécile!...

— Ah! tu ne veux pas t'en aller?

La chanteuse, hors d'elle, cherchait une arme pour frapper de Vendœuvres. Elle n'en eut pas le temps.

Myrto parut, effarée.

— Le commissaire de police et les agents! fit-elle.

Des pas lourds retentissaient dans l'escalier. Le vieillard sursauta. Il ne s'expliquait pas que la police pût se mêler déjà de l'affaire. Il crut que le notaire l'avait filé, puis qu'il avait prévenu le commissaire.

En réalité, c'était Gaston qui, soulagé par les déclarations de l'officier ministériel, venait de signaler aux agents la présence chez la Bella de l'homme au masque.

Ils pénétraient dans la chambre.

Cécile, plus pâle qu'une morte, s'imaginait qu'on venait l'arrêter aussi.

Les agents, cependant, semblaient ne voir que de Vendœuvres.

Celui-ci recula de trois pas.

— Fini de rire! clama-t-il. C'est le grand saut!

Il tirait un revolver de sa poche. Avant qu'on eût pu l'en empêcher, il se logea une balle dans la tête et tomba raide mort.

Les agents le fouillèrent séance tenante.

Ils trouvèrent sur lui quelques pièces de monnaie et des papiers au nom de John Disly, *esquire*, citoyen américain.

La Bella prétendit qu'elle ne connaissait pas cet homme, qu'elle l'avait rencontré la veille au café-concert et qu'il se disposait à sortir quand on était venu l'arrêter.

Les agents se retirèrent. La Bella et Myrto s'empressèrent de quitter Paris.

Elles n'y sont jamais revenues.

. . . .

Le mariage de Gaston de la Caillaudière et de Juliette de Vendœuvres eut lieu quelques semaines plus tard.

Ils sont aujourd'hui parfaitement heureux. Les embûches autrefois dressées sur leur chemin par des méchants et des cupides n'auront servi qu'à resserrer davantage l'union de deux âmes faites pour s'entendre, de deux cœurs faits pour s'aimer.

IMPRIMERIE A. DERSÉ, 9, RUE ÉDOUARD-JACQUES — PARIS

SCEAUX. IMP. CHARAIRE

J. FERENCZY, Editeur